# 追梦远航

张涛 编著

中国海洋大学出版社
·青岛·

**图书在版编目（CIP）数据**

追梦远航/张涛编著. —青岛：中国海洋大学出版社，2017.1

ISBN 978-7-5670-0962-2

Ⅰ．①追… Ⅱ．①张… Ⅲ．①纪实文学－作品集－中国－当代 Ⅳ．①I25

中国版本图书馆 CIP 数据核字(2017)第 016104 号

| | |
|---|---|
| **出版发行** | 中国海洋大学出版社 |
| **社　　址** | 青岛市香港东路23号　　邮政编码 266071 |
| **出 版 人** | 杨立敏 |
| **网　　址** | http://www.ouc-press.com |
| **电子信箱** | whs0532@126.com |
| **订购电话** | 0532-82032573（传真） |
| **责任编辑** | 施　薇　　　电话 0532-85901040 |
| **印　　制** | 日照日报印务中心 |
| **版　　次** | 2017年6月第1版 |
| **印　　次** | 2017年6月第1次印刷 |
| **成品尺寸** | 144mm×215mm |
| **印　　张** | 7.5 |
| **字　　数** | 150千 |
| **印　　数** | 1-3100 |
| **定　　价** | 25.00元 |

# 前　言

　　航海是勇敢者的事业。它改变了世界，也改变了社会。

　　航海给人类太多的惊涛骇浪，也给人类带来更多的思考和启迪。

　　《追梦远航》的作者张涛先生是位知名的海员作家，他曾经是一位远洋船长，后来从事海事管理工作。他热爱航海事业，倾心航海科普工作，工作之余，笔耕不辍，先后发表了大量反映海员生活的文学作品和关于航海知识的科普作品，被江苏省航海学会和中国航海学会评为航海科普专家。

　　《追梦远航》集结了作者潜心创作的一个个反映人类征服海洋、利用海洋的航海故事。这一个个小故事不仅带你走进博大的海洋世界，探索神秘的航海经历，同时还让你知晓中国第一位海员，第一位远洋船长，第一位海员烈士，第一位长江女总船长，第一位新中国培养的船长——从中你可以获得许多知识，并受到启迪。

江苏省航海学会成立于1982年12月，是江苏省航海科技工作者及相关学科领域的单位自愿结成并依法登记成立的学术性、公益性和非营利性的法人社会团体。近年来获得江苏省示范性社会组织、江苏省科协综合示范学会二等奖、江苏省科协先进集体等荣誉。学会以弘扬航海精神、传承航海文化、提升全民航海、海洋和海权意识为己任，开展了丰富多彩的航海科普活动。此次与张涛船长合作，出版《追梦远航》，是学会为让更多青少年积极主动地了解海洋知识，提升广大青少年海洋国土观念和海洋意识的一项重要举措。

海洋是人类文明的摇篮、资源的宝库，是人类生存和可持续发展的重要基础与希望，海洋承载着中华民族不断进步的希望，也是大国未来竞争的焦点，"一带一路"战略的实施，给中国航运事业的发展带来了重大机遇。江苏省航海学会必将与所有航海人和热爱海洋、热爱航海的人们一起，登上历史的航船，迎接新时代的挑战，为富民强国的"中国梦"扬帆远航。

# 目　录

# 来自空中的航海家

　　十分凑巧，在英国伦敦查令十字街的海事书店，香港的《环球航海》杂志社记者邵夫见到了戴海员帽的空姐梅怡。

　　几年前，邵夫乘班机参加一次国际会议，由于受到风寒，在客舱里连打喷嚏。一位空姐不仅将他安排到商务舱，还专门熬了红糖姜汁为他驱寒。

　　临下飞机，邵夫专门向这位热情的空姐致谢，方才发现这位空姐与众不同：头戴一顶镶有铁锚的海员帽。她名叫梅怡，丈夫是位年轻有为的船长。这天是梅怡结婚周年纪念日，她特地戴上了丈夫送给她的海员帽。

　　由于时间关系，双方没有多谈，只知道这位空姐十分喜爱航海。

这位戴海员帽的空姐给邵夫留下了深刻的印象。

异域重逢，出于职业习惯，邵夫邀请梅怡来到海事书店的阅览室。"能谈谈你的情况吗？"邵夫问道。

伦敦的查令十字街是世界上最具盛名的书店一条街，而且在这里人们语言交流没有太大的障碍，略懂英语的都可以去逛。

海事书店吸引了来自世界各地的航海爱好者。

梅怡是位快嘴快舌的"直筒子"："是这里的一本书让我喜欢上了航海。"

说着，梅怡从挎包里取出一本显得有些陈旧的英文原版书："这本书就是从这个书店买的，书名是《来自空中的航海家》。"

"书中的主角是位飞机驾驶员，100 多年前，只身由东向西横渡大西洋，真是太精彩、太刺激啦！"

梅怡边翻看书边简单地介绍书的内容。

最后，梅怡感叹地说："这本书让我爱上了航海，爱上了航海人！"

"简直不可思议，20 世纪初就有人只身由东向西横渡大西洋，而且是个毫无航海经验的飞行员。"

邵夫读过许多有关航海方面的书籍，特别是航海探险的书，这本深深吸引着梅怡的书，邵夫还真未读过。

邵夫准备买本回去仔细读一读。不过十分遗憾，此书已脱销。

望着邵夫失望的样子,梅怡大方地说:"你拿去看吧,最好能翻译成中文,让国内更多的青少年航海爱好者知晓这位来自空中的航海家。"

梅怡把书双手递给邵夫说:"祝你成功!"

邵夫是个勤快的撰稿人,没用多长时间,这本几万字的书就翻译完了,并把故事梗概刊登在《环球航海》杂志上。

此书的书名就是《来自空中的航海家》。

从19世纪晚期至20世纪,许多有抱负的航海爱好者和职业航海家,纷纷沿着美国人阿列弗莱德·约翰逊1879年开辟的航线,孤舟只身横越欧洲与美洲之间的大西洋,从美国格洛斯特出发,穿越茫茫大西洋抵达英国威尔士半岛。

航海史上记下了这条航线上许多惊心动魄的故事。

在1923年前,人们都是从西向东航行。因为从东朝西的征途危险和困难要大得多,还未有人尝试过。在人类的航海史上,第一位孤舟只身从东向西横跨大西洋的不是职业航海家,而是一位来自空中的飞人——飞机驾驶员。

他的名字叫埃林·热尔波,是一位法国人。

1893年出生的热尔波,曾是法国一所理工大学的学生。第一次世界大战期间,热尔波成了一名翱翔天空的飞行员。

年轻的热尔波腼腆而执着,令他懊恼的是,作为一名飞机驾驶员却没有勇气飞跃大西洋，被同事讥笑为飞不远的"小鸟"。

正是这只飞不远的"小鸟"，创造了航海史上的奇迹。

1923 年春天，这位不敢驾机飞越大西洋的"小鸟"，决定只身驾船跨越大西洋，而且是从东朝西航行。

热尔波的这个决定与他的性格有关——朝气勃勃，富于幻想，从不认输。

热尔波有十分广泛的业余爱好，是一位十分出色的网球运动员，身材虽然瘦小却能挥拍击败多名高手；他还是一名深谋远虑、善于调整心态的桥牌选手……

但是，热尔波这一举动遭到了人们的非议和质疑：热尔波尽管有创造奇迹的决心，却没有创造奇迹的本领；从未领略过大西洋变幻莫测的风云，也没有与海洋搏击的任何航海经验。

喜怒无常的大西洋对热尔波是难以摆脱的迷雾，热尔波没有退缩，下定决心："我要去闯！"

热尔波在日记里写道："一个受过工学院教育且精力充沛的青年人，只要刻苦学习，虚心向职业航海家讨教，不难掌握全部航海技术。"

热尔波用多年积蓄购买了一只单桅机船"法耶克莱斯"号，这是艘参加过法国快艇大赛、经受过惊涛骇浪的快艇。

1923 年一个初春的早晨，在众多挚友和记者的目送下，热尔波驾驶着"而立之年"的"法耶克莱斯"号帆船离开了戛纳港进入了地中海。

在正式横跨大西洋前，热尔波自学了航海技术，并驾驶"法耶克莱斯"号进行了适应性训练，熟悉了快艇的性能和驾驶经验，曾经的紧张心理有了缓解。

但是，缺少实践的热尔波并没有对已经陈旧的"法耶克莱斯"号进行整修和更新，也没有请专家进行严格检验。

这些疏忽为后来的远航增添了危险和困难。

经过近两个月的航行，"法耶克莱斯"号通过了直布罗陀海峡，驶进了烟波浩渺的大西洋。

此刻，清风吹拂着热尔波的脸庞，海鸥在头顶盘旋。热尔波沉醉在迷人的景色里，晶莹的泪珠在眼里闪动着。

然而，好景不长，盛放淡水的木桶几乎见底，食物亦开始变质腐烂。

热尔波的远航蒙上了阴影。

接着，一系列事故使热尔波几乎陷入绝境：先是主桅的驶风杆突然折断，接着风帆和全套索具由于陈旧失修而全部损坏。更可怕的是，风帆被风浪刮落在大西洋中。

"法耶克莱斯"号失去了动力，在波涛滚滚的大西洋里跳跃漂泊。

此刻，惊魂未定的热尔波纵身跳入波涛中奋力将下沉的风帆捞了起来，谁知，"法耶克莱斯"号却随着洋流离他而去。

热尔波别无选择，拖着风帆在大西洋里足足游了一个多小时，终于爬上了"法耶克莱斯"号。

但是，命运之神继续无情地捉弄热尔波，刚修好的三角帆和主桅再次损坏。

"法耶克莱斯"号在大西洋里漫无边际地漂浮着。

缺少淡水和食物，面对饥饿和死亡，热尔波没有倒下，开始用艇上的鱼叉捕鱼充饥，一场突降的暴雨又使艇上的木桶盛满了淡水。

热尔波的脸上露出了多日来难得的一丝笑容。

夜间，大西洋突如其来的风暴，几乎把"法耶克莱斯"号吹翻。热尔波爬上桅杆躲过了风浪的袭击。

几天后，风暴终于过去了。热尔波身体已经十分虚弱；连续高烧，使他无法站立起来。

就在这时，海面上出现了一块陆地——百慕大群岛。

这里离美洲大陆不远了！

热尔波为实现起航时的诺言，中途决不去大西洋任何岛屿上停留！

热尔波放弃了登岛补充食物和淡水的机会，挺起了虚弱带病的身躯，站了起来。

三角帆和主桅终于修好了。自制鱼钩钓的鱼和老天赐给的雨水，使这个虚弱却顽强的空中"小鸟"朝着不远处的目的地驶去。

1923 年 12 月 18 日，这位来自空中的航海探险家终于孤舟只身抵达了纽约港。

热尔波创造了航海史上的奇迹。

1924 年 11 月 1 日，热尔波驾驶着重新整修的"法耶克莱斯"号，从纽约出发，途径百慕大群岛，穿越巴拿马运河，进入了举世瞩目的太平洋，在经过留尼凡岛、德旺、好望角后重返大西洋。

1929 年 7 月 26 日，热尔波回到了法国。

时隔三年，热尔波驾驶着新造的"埃林·热尔波"号单桅帆船，第三次孤舟只身穿越了大西洋。

此时，这位空中"小鸟"真正成了经验丰富的航海家。

热尔波也成了航海爱好者的偶像！

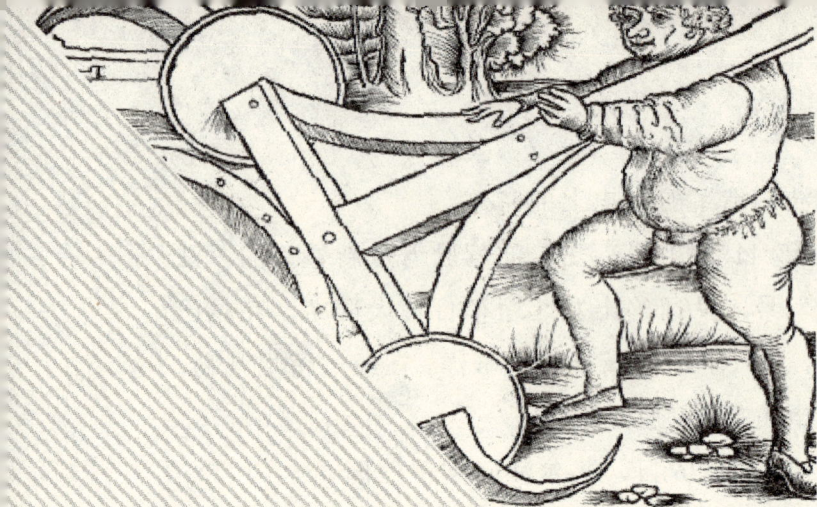

# 石头"舵把子"的难忘航程

在长江里驾船的人，被称为"舵把子"。

千百年的长江航运史，造就了成千上万的"舵把子"，石头"舵把子"就是其中优秀的代表。

这位被称为石头"舵把子"的人名叫石若仪，一位驰聘万里长江的女船长。

1953年的金秋，18岁的石若仪，从长江航务学校毕业，来到长航武汉分局开始学驾航，走上了长江航船的驾驶台。

长江三峡风景如画，但是长江的航道十分险恶，千变万化的激流，密布江底的暗礁，使许多人望而却步。

石若仪睁大眼睛，望着波涛滚滚的江面和江上时隐时现的礁石，暗暗寻思："我能在这里驾船吗？"

女人要在长江里驾航，不仅要克服生理上的障碍，更要克服传统习惯的挑战——"女娃儿学驾航，神女都犯愁""川江的'舵把子'啥时让女人摸过""婚一结，娃一生，迟早要下船"……

流言蜚语面前，石若仪没有退缩。

石若仪除虚心向"老川江"学习，还随身携带一本记满长江航道暗礁的"石头账"，礁石的名称、位置牢牢记在心上。

人们亲切地称她"小石头"。

两年后，石若仪成了长江航运最早一批女性驾驶员——三副。

结婚后的石若仪，不仅没有放弃长江，而是更加勤奋努力，靠着顽强的毅力和坚定的信念，踏踏实实地工作着。

1976 年春天，石若仪成了"江峡"轮的船长，人们亲切地称她为石头"舵把子"。

石头"舵把子"在长江里与风浪博斗了 30 年，安全航行了 30 年。

一年，"三八"妇女节前夕，一群商航学校的女学生敲开了石若仪在武汉的家门。

年近花甲已退休的石头"舵把子"身板硬朗、精神矍铄，不减当年风采，滔滔不绝地讲起在长江里的日日夜夜，特别讲到了终身难忘的一次航行。

1958 年的初春，长江轮航公司的"江峡"轮停靠在重庆朝天门码头。

石若仪刚担任"江峡"轮三副不久，正准备着第二天早晨起航的事宜。

此刻，夜色正浓，山城重庆一片寂静，突然一辆黑色的轿车缓缓驶到码头旁。

一个身材魁悟高大的人从车里走了出来，石若仪眼前一亮："毛主席！"

毛主席要乘坐"江峡"轮畅游长江。

石若仪望着毛主席慈祥的面庞万分激动。这一夜，石若仪没有睡觉，把手头的工作检查了一遍又一遍，而且一改平日"女汉子"的性格，动作轻手轻脚，生怕惊动了主席。

清晨，"江峡"轮静悄悄地离开了重庆港。

不久，石若仪和"江峡"轮引水员被叫到船尾三楼的甲板。

这时，毛主席正拿着望远镜察看长江两岸的景色，转身看到石若仪几人，缓步走了过来。

听说石若仪是船上的三副驾驶员，主席高兴地说："现在我们有女航空员、女司机，还有了女驾驶员。"接着问起石若仪："你看过画报上登的一位苏联女船长的故事吗？有没有遇到那么多的困难啊？"

"看过了。"石若仪明白主席的意思：希望中国也要有出色的女船长。

主席亲切地问道："船上有没有人欺负你。"

"没有。"

主席笑了笑,说:"向老船长拜师学艺要不要磕头？"

"不磕头。"

主席望着石若仪,风趣地说:"起码也要点点头吧!"

这时,航船已驶进了涪陵水域。

主席坐在沙发上,让石若仪坐在他身旁,问道:"在长江里学习驾船困难吗？"

"刚上船时什么都不懂,现在懂得多些了。"

主席边望着长江的岸边说:"当你对一件事物不够了解时,往往是害怕的；正如蛇一样,当人们还不了解蛇没有掌握它的特性时,感到十分害怕。但是,一旦了解了它、掌握了它的特性和弱点,就不再害怕了,而且可以捉住它。"

听了主席的这番教导,石若仪心中豁然开朗,增强了学好驾驶技术及早当上"舵把子"的信心和力量。

主席和蔼可亲的面容,使石若仪紧张的心态顿时放松下来。

石若仪问毛主席:"您来重庆几次了？"主席幽默地答道:"第一次是蒋介石请我来的,结果什么也没谈成,这是第二次。"

石若仪与毛主席的谈话直到吃午饭时才结束。

第二天,"江峡"轮驶入了景色壮丽的三峡。毛主席健步登上驾驶台,继续听石若仪介绍三峡的情况。

毛主席看到岸边竖立的"孔明碑"上的"重岩叠伟,名峰奇秀"几个斗大的刻字时,兴致很高,说道:"我们走完三峡了。"

石若仪急忙说："还没有。"

主席指着手中的介绍资料说："过了'孔明碑'，三峡已经走完了。"

此刻，石若仪脸红了，这位把长江石头"烂熟于心"的"小石头"，由于过于激动，竟然忘记了航程。

三天后，"江峡"轮靠上了武汉港码头，石若仪和船员们怀着依依不舍的心情望着毛主席远去。

离航前，毛主席与石若仪和全体船员在船边合影留念。

这张照片，至今悬挂在石若仪家中客厅的正面墙上，是石头"舵把子"的骄傲，也是中国女海员的骄傲！

毛主席第二次踏上"江峡"轮是事隔 5 个月后，"江峡"轮从湖北黄石驶往安庆。

这天，"江峡"轮抵达安庆，原计划安排主席在长江里游泳。突然，天下起了暴雨。主席仍然跃入波涛滚滚的长江，游了近一个小时才上船。

石若仪在三楼舷墙旁见到正坐着观赏诗意朦胧江面的毛主席。石若仪还未来得及向主席问好，主席却站了起来和她握手，并把她介绍给身旁的人。

石若仪一时激动得说不出话，只冒出了一句话："主席，快请坐。"

1959 年 6 月，"江峡"轮又一次接受了重要任务，毛主席和周总理等中央领导从武汉乘船前往九江。

讲到这里，石若仪按捺不住内心的激动："事情已经过去了几十年，作为长江里的一名女船长，我退休了，但是，更多的女"舵把子"已经挑起了大梁。如果没有新中国，没有老一辈革命家的关怀，长江里不会有女船长和她们的故事。"

石头"舵把子"难忘的航程，使商船学校的女学生深受感动，她们豪情满怀，愿意继承老一辈"舵把子"的优良传统，继续驰骋在万里长江上。

# 船长酒家的"宝贝"

　　远洋船员家属院对面小巷里,有座颇具特色的"船长酒家"。

　　"船长酒家"的门面不大,里面的陈设也极其简单,只有几张桌子和几把椅子,但是光顾酒店的人流却源源不断,酒店的生意十分红火。

　　开酒店的是位退休的远洋船长,名叫秦琼,绰号"秦三壶"。

　　年青时,秦船长喜欢喝闷酒,腰间总是挂着把锡制的小酒壶,闲暇时望着大海抿上几口,逢年过节定要喝上三壶。在航海界他是有名的"秦三壶。"

　　"船长酒家"是秦船长退休后在住处旁开设的,除接待航海界的老朋友外，还接待了好多青少年航海爱好者。

"船长酒家"里有"三宝"：秦船长随身携带的锡壶、一坛野生葡萄酿造的葡萄酒和一盘老式录音带。据说这"三宝"都与航海有关系。

潘遥遥是位即将高中毕业准备升大学的学生，父亲也是位远洋船长，与"秦三壶"是"割头不换"的"铁哥们。"

面对毕业升学的选择，遥遥十分纠结。

"遥遥"是父亲特意给他起的名字。父亲常年在海上漂泊，与家人聚少离多，父子见上一面可谓"遥不可及。""遥遥"成了盼见儿子的"口头禅"。

"难道自己也要成为家庭的'遥不可及'吗？"当遥遥考虑选择航海院校时，这个问题一直困扰着他。

遥遥的父亲却是个"铁杆"海员，虽然航海十分辛苦，还是希望"子继父业"，做名远洋海员。

这天，遥遥父亲特意将遥遥带到"船长酒家"。来到"船长酒家"前，遥遥听爸爸介绍——秦船长是有名的航海家，航程加起来可以绕地球好几圈，酒店里还有与航海有关的"宝贝"。

见到秦琼船长后，这位知名的航海家的形象，完全出乎遥遥的想象；干巴瘦的小老头，脸上的皱纹犹如大海波涛，说话还有些结结巴巴。"难道这就是大名鼎鼎的航海家吗？"听完秦琼的介绍，遥遥的疑问顿时"云消雾散"。俗话说，人不可貌相，海水不可斗量，秦船长确是位名副其实的航海家。

应遥遥的要求，秦琼船长讲述了酒店两件与航海有关的"宝贝"——野生葡萄酒和录音磁带的来历。

那时，秦琼当上船长不久，驾船来到北欧挪威的奥斯陆港。

由于秦琼克服航程中的重重困难，提前将一批货主急需的物资运到目的港，货主十分感谢，特地在港口附近一家别致的酒店招待秦琼船长。

这是一家以挪威历史上著名的航海探险家的名字命名的酒店——红发埃里克酒店。

酒店里除挂有埃里克巨幅画像外，一种用野生葡萄酿造的葡萄酒十分诱人。

闻到甘甜诱人的酒味，秦琼破例倒掉了杯中、壶里的"自备酒"，斟满葡萄酒连饮三壶，大呼："好酒！"

于是，货主讲起了埃里克航海探险的故事与葡萄酒的来历。

公元 10 世纪前后，整个挪威大陆和海域，几乎笼罩在北欧海盗的影子里。

海盗除了抢劫外，还充当商人和移民。海盗驾驶着狭长的快速战船，游荡在英国、爱尔兰、法国等地的海域。与此同时，许多人还在这些土地上居住下来，开垦土地，种植庄稼。闻名的波罗的海通往俄罗斯内河的航线，就是那个时候开辟的。

在这些移民活动中，最突出的成就是穿越波涛滚滚的大西洋发现了今天的格陵兰岛。这个发现远在哥伦布发现新大陆之前。

完成这次壮举的正是挪威的红头发探险家埃里克。

时间大约在公元 982 年，由于躲避饥荒，埃里克带领一些船员，从家乡挪威向西部海域驶去，打算寻找新的居住地。

这次航行危机四起：没有地图，没有向导，海面除了大雾就是狂风肆虐。

埃里克没有退缩。

终于，他们发现了一片陆地："这里没有人烟，草原肥沃，驯鹿奔跑，鸟儿飞翔……"。

埃里克把这块土地命名为格陵兰（Greenland）。

三年后，埃里克回到家乡，招募了新移民，乘坐 25 艘大船重返格陵兰。最后只有 14 艘抵达目的地，其余船只永远消失在茫茫大海里。

埃里克和船员在这里定居下来，成了格陵兰的第一批移民。但是，挪威人的探险并没有结束，一个名叫比加尼的商人，企图沿着埃里克的路线，从冰岛驶向格陵兰。

不过，途中遇上大雾，迷失了方向，漂流几天后才登上了一块陆地，这里却不是他要去的格陵兰。

这块陌生的土地引起人们的好奇。

多年之后，埃里克的大儿子利夫·埃里克带领船队沿着比加尼的航线，寻找到了这块多石的陆地。

人们在岛上安顿下来。

一天，一个船员突然像喝醉了酒，东倒西歪，语无伦次，原来这个船员贪吃了这里的野生葡萄。

这里气候温和，草木茂盛，野生葡萄成为酿酒的最佳原料。

人们把这块土地叫作文兰（意为酒的土地）。

冬去春来，利夫·埃里克带领船员满装葡萄回到了格陵兰。

"这是大伙公认的第一批登上北美大陆的北欧人，他们比哥伦布发现新大陆早了许多年！"讲到这里，货主十分自豪地说："为了纪念这对伟大的航海探险家父子，挪威和冰岛建了纪念碑，那里还有多家以他们父子名字命名的酒家。"

秦琼船长提到饮用的葡萄酒时，货主解释说："利夫·埃里克从文兰带来的野生葡萄在挪威生根发芽，成了当地有名的葡萄酒原料，人们称它为利夫葡萄酒，是对航海家的尊敬。"

听完货主的讲述，秦琼船长十分感动，用随身携带的录音机记下了这段故事。临行前，货主还特地送给秦琼一坛野生葡萄酒。

野生葡萄酒和录音磁带成了"船长酒家"的"宝贝"。

遥遥从"船长酒家"归来不久，在填报高考志愿时郑重地写下了"航海学校"。

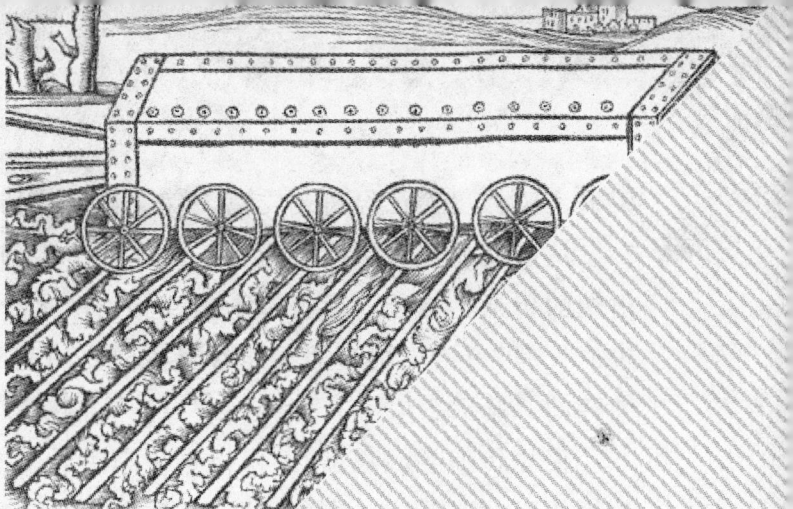

# 碑文外的"桨声"

　　"纪念郑和下西洋 600 周年研讨会"即将举行，参加研讨会的中外嘉宾云集泉州。一位来自郑和家乡云南的老海员潘淼格外引人注目。

　　潘淼出身自海员世家，是位虔诚的伊斯兰教徒，祖父辈和儿孙都是吃"海上饭"的海员。

　　为开好这次研讨会，潘淼多次来到郑和故里考查。几年前在郑和父亲墓前，一块石碑引起了潘淼的好奇和注意。

　　据说，这块石碑的碑文是明朝永乐三年（1405 年）郑和首次下西洋前夕，特请当年朝廷的礼部尚书兼左春坊大学士李至刚为已故父亲撰写的。经过几百多年的风吹雨淋，碑体虽然已经斑剥支离，碑文仍然依稀可辨。

从碑文的记载中潘淼得知：郑和的父亲和祖父均是虔诚的伊斯兰教徒，而且都是曾经爬山涉水千里迢迢去过"天房"（"天房"即现沙特阿拉伯麦加克而白圣殿）朝觐的"哈只"。

根据伊斯兰教规，朝觐佛祖是伊斯兰教徒的"功课"。教规的经典——《古兰经》规定："凡能旅行到"天房"的人，人人都有为安拉朝觐"天房"的义务。"所以，每个回族人一生一定要创造条件履行这个义务。凡到达"天房"朝觐过的人，被称为"哈只"，这是回族人一生的荣耀。

按历史记载，当时从中国去麦加有两条途径：陆路，有古丝绸之路；海路，有古香料之路。中国东南沿海和云南地区多选择海路。

航海成了伊斯兰教徒朝觐不可缺少的选择。但是，这块碑文上只记载了郑和父亲从海路到达"天房"朝觐，是名副其实的"哈只"，却没航海路线的记载。

潘淼作为一名远洋海员，得知当年渡海朝觐的艰难和危险。"如何从海上抵达"天房"进行朝觐的呢？"他想。

做事较真的潘淼，退休后到处寻找这方面的资料。经过几年的寻找，一位亲临朝觐者写的《朝觐途记》的著作为潘淼解了谜。

参加"研讨会"的青少年航海爱好者得知这一消息，纷纷来到潘淼下榻的住处。

潘淼向他们讲述了《朝觐途记》的主要内容。

书的作者名叫马德新，云南人，地道的伊斯兰教徒，出生在清乾隆五十六年（1791 年），道光二十一年（1841 年），踏上了朝觐的旅程。

书中介绍说，有史以来，云南的朝觐者多自思茅出境入阿瓦（今缅甸）至阿瓦城（今缅甸曼德勒），再由伊络瓦底江扬帆东下直航漾汞（今缅甸仰光）出海，先至邦戛拉（今孟加拉），再换船沿孟加拉湾绕赛依喇岛（今斯里兰卡），横渡阿拉伯海进入亚丁湾，登陆后直通向往的满克（今麦加）圣地。

马德新走的基本就是这条路线。

马德新离家后沿小路穿越今西双版纳出境，徒步千里抵达阿瓦城，然后开始了漫漫航程。途中他换了二次船方抵加尔各答，在克来克特（今印度）候船数月，方有船直航淳德（今吉达）。途中惊涛骇浪随时而至，"常期半月可至"，竟"船居四十余天"。一次，船遭"雷击中桅，中标之上节粉碎之"。"船中人皆惊悸，恐火入船内，而船满载棉"。

幸而火被扑灭。船继续航行进入红海，踏上阿拉伯半岛。不料，正值此地瘟疫横行。为躲避瘟疫，马德新独自在"不见一人，无食可饮，亦不知由何途往"的沙滩上度过了两宿。

马德新是幸运者，终于在道光二十三年（1843 年）抵达麦加"天房"，实现了朝觐的愿望，完成了宗教的"功课"，并借此机会游历了天方各国；历时八载，于光绪二

碑文外的「桨声」

十八年（1848年）归国，写成了《朝觐途记》一书。

书中最后说，马德新走的朝觐路线，就是多年伊斯兰教徒走的路线之一。

潘淼讲到这里，拿出已经写好的、准备在研讨会上发言的论文《碑文外的桨声》，一字一板地说："马德新是从西双版纳出境航海前往麦加朝觐的，'身为云南昆阳人'的郑和父亲和祖父也是走这路线前往麦加的。但是，他们远航的时间要比马德新早几百年。马德新时代的航海条件比数百年前先进得多。所以，郑和父亲和祖父朝觐途中的遭遇可想而知了。他们都是勇敢的幸运者、无畏的海洋征服者，他们的精神激励了伟大航海家郑和的一生"。

讲到这里，人们不禁发出疑问："论文题目为啥叫《碑文外的桨声》？"

潘淼笑着解释说："我把文章讲给一位专家听。专家听完笑着说："碑文里只知郑和父亲航海朝觐之事，不闻抗风击浪的桨声。通过这本《朝觐途记》讲述，就如亲临大海鼓帆扬桨，闻到了博击大海的桨声。我看，这篇论文就叫《碑文外的桨声》吧！"

潘淼的《碑文外的桨声》一文，在研讨会上得到了与会者的一致好评。

追梦远航

# "海上博士"讲故事

　　这个故事是"珍珠泉"号的船员讲的，故事的题目也是船员提出的。

　　故事的主角名叫薛宇，他是"珍珠泉"号上的船医，绰号为"海上博士"。

　　薛宇出身在一个偏远的小山村，是座著名医学院的优秀毕业生。几年前，他放弃了在大城市医院工作的机会，只身参加了海员队伍，在一家航运企业的船上做了船医。

　　问起缘由，薛宇淡淡地笑着说："自己喜欢航海。"时间久了，人们发现薛宇不仅医术高明，还特别喜欢读有关航海的书籍，对航海与医学关系方面的书籍更是爱不释手。

使薛宇冠以"海上博士"绰号的，是"珍珠泉"号远航欧洲的一次偶然事件。

那天，"珍珠泉"号停靠在法国马赛港。

忽然，码头附近一家游乐园里一个幼童从跷跷板上不小心掉了下来，摔坏了腿，路过附近的"珍珠泉"号船员把幼童带上船，边安抚幼童，边抱怨跷跷板："该死的魔鬼！"

薛宇边给幼童敷药，边笑着说："跷跷板在医学史上可是立了大功的啊！"

薛宇讲起了"跷跷板"在医学史上的一些趣事。

大约在 19 世纪初，一位年轻的法国医生雷奈克，面临一个棘手的问题：要为一位贵族小姐诊断心脏病，拘谨的小姐手捂胸口表情痛苦。雷奈克医生用手指敲打或触诊毫无作用，又碍于当时的风俗，医生又不能把耳朵贴在病人胸口上诊断。如何能清楚地听到病人的心肺音呢？雷奈克陷入冥思苦想中。就在这时，窗外传来儿童玩跷跷板的嬉闹声。情燥心烦的雷奈克正准备驱散这些玩童时，突然发现这些玩童没有骑在跷跷板上，而是用跷跷板玩着声音传递的游戏：一个孩子把耳朵贴在木板一端凝神倾听，其他孩子在木板另端用铁片打击出声音。

这情景使雷奈克想起童年玩木杆传声的游戏。

雷奈克立刻加入了玩童的行列，把耳朵附在木板上，清楚地听到另一端传来的敲打声音。

兴奋不已的雷奈克飞身回到屋内，抓起一叠纸卷成圆筒，一端贴近贵族小姐的胸口，附耳在圆筒的另一端倾听。病人的心跳甚至轻微的杂音都贯入耳内。

这是世界上第一个简单的"听诊器"。后来经过雷奈克反复实验改进，制成了世界上第一个正宗的听诊器。

"这个故事就发生在巴黎。"薛宇最后笑着说："幽默的法国人把跷跷板称作听诊器的'祖先'呢！"

从此，薛宇被船员誉为"海上博士"。

"珍珠泉"号船员第一次听到"海上博士"讲航海与医学关系的故事，是在船横跨赤道时。

春节前夕，"珍珠泉"号由青岛开往澳大利亚。离开时青岛还结着冰、寒风刺骨，几天后到达赤道海区，那里则烈日炎炎、酷热难熬。

"珍珠泉"号抵达赤道时，正值农历正月初一。

船上大厨准备包一顿口味鲜美的饺子，不料，船上冷冻箱出了故障，部分食物变了质。

大厨无奈去请示船长。正在船长房间的潘宇连连摆了摆手说："腐烂变质的食品绝不能吃，特别是肉质品。"

接着，他讲起中世纪帆船事件，由于船上设备简陋、环境恶劣，没有冷藏设备，食物常常腐烂变质，使许多水手死于病魔之手。

船上做了顿素菜水饺，慰劳大家。

饭后，船上搞了一个传统的过赤道游戏：击鼓传花。一人击鼓众人传花。鼓声停，花落谁手，谁就要抽个签牌。签牌上除了有良好的祝愿外，还提出一些稀奇古怪的问题让你回答。答对者，有奖品；答错者，要表演节目。

一阵紧密的鼓声后，花落在水手长手里。

水手长打开签牌一看，上面写着："祝你春节快乐。请问我国哪个省种植大米最多？"

水手长毫不犹豫地说："我们老家湖南。水稻之父袁隆平就是我们那里人。"

人们议论纷纷，众说纷纭。

这时，做主持人的"海上博士"潘宇笑着说："这是道怪异题，大米啥时候都不能发芽生长，只能食用，人们种的是稻谷而不是大米！"

此刻，人们才缓过神，哈哈大笑起来，不断地喊："大米只能吃不能种！"

待大家笑声渐止，"海上博士"一眼一板地说："别小看大米，它对医学贡献不小哩！"

于是，"海上博士"讲起了航海登陆"医学史"的故事。

中世纪的欧洲，海盗猖獗，为了寻找食物和财富，他们纷纷扬帆远航。

船上条件参差不齐，有的卫生条件很差，许多水手死于病患；一些条件较好以大米为主食的船上，水手的情况也没好到哪里去，他们得了一种奇怪的疾病，整个腿肿如象腿，用手一按便是一个凹陷。这些水手全身无力、气喘嘘嘘，无法工作，有的不治身亡。

莫名其妙的疾病，引起人们极度的恐慌。

这时，一位在英国船上服务的日本医生高森雄宽决心拯救水手们的生命。

高森雄宽选择了两个船进行跟踪试验：一艘以食大米为主食的日本船，一艘以肉类和面包为主食的英国船。

结果高森雄宽发现：食用大米的日本船，几乎所有船员都患上了腿肿病，英国船却安然无恙。

高森雄宽认定腿肿病是大米里一种细菌造成的。但是，经过多次试验，没有找到杀死这种细菌的"灵丹妙药"。

航海产生的腿肿病，引起人们的广泛关注。

一名叫卡西米尔·冯克的波兰裔美国化学家，最终从米糠里找到一种治疗腿肿病的白色粉末——维生素 $B_1$。他认为水手长期食用大米患有腿肿病，不是细菌造成的，而是体内缺乏这种粉末的缘故，并把这种白色粉末定名为"维持生命的脚"，这个名字由拉丁文"生命"和"脚"两词组成，简称 HP，后来改名为"维生素 $B_1$"。

维生素 $B_1$ 在治疗许多疾疾中起了不可替代的作用。

由此，航海首次"登陆"了医学史。

听完"海上博士"的讲述，大伙十分兴奋，在夸奖薛宇医生知识渊博的同时，戏称这是"饭碗里的故事"。

"饭碗里的故事"在航海界传开了，"海上博士"的名声越来越响！

# "水头"与"海盗"扑克牌

　　尹海是"神鱼号"的"水头"。"水头"是船上水手长的简称。

　　这天,"水头"尹海从挪威比格半岛海盗博物馆出来,突发奇想:把世界上知名的海盗按照牌中的符号,制成一副奇特的扑克牌。

　　"水头"这个想法缘于两个原因:一是"水头"是位业余的海员画家,受书画世家的真传,画得一手好人物画;二是有这副别致的"扑克牌",既可活跃船上的生活,又能得到一些航海史的知识。

　　"水头"的想法得到大伙的赞赏和支持。

　　"水手"通过网络和一切能用的手段搜集海盗的资料和图片。

功夫不负有心人。经过一番努力，54 张扑克牌的人选和画像基本敲定。这些海盗几乎来自世界各地；外号"铁壁"的亚历山大、"食人狼"让·戴维·诺、"兰哈娜公主"艾弗里、"俊盗"罗伯茨、"巴西人"曼维尔特、以"洛洛尔"闻名的威廉·基德、加勒比海盗"白棉布杰克"……

这些海盗都有自己独特的诨号；毁王者、独臂、剪刀、湿火药、击鞘刀、假腿、快乐之神……他们身着奇装异服，留着长须短发，腰间挂着插有尖刀的鳄鱼皮刀鞘……。

这些资料是"水头"在著名海盗史专家弗朗斯瓦·加尔所著《海盗》一书里寻到的，这本书给"水头"绘制海盗肖像提供了宝贵的参考资料。

最终，"水头"按照海盗所处地域、势力范围和影响以及归宿，进行了"排名"和"归位"。

这时，"水头"发现有几张牌的"定位"不好确定，特别是"大王"和黑桃 Q 及黑桃 J，令人非常纠结。按中国人的传统习惯，黑桃象征"黑心"，哪个海盗不"黑心"，况且还是 Q 和 J 这样"高值"的"牌值"？大家对"大王"的争议就更加激烈；当代索马里海盗比历史上任何海盗都"有过之而无不及"。

"水头"没有灰心，利用休假期间，专程拜访了中国海盗史专家楼玉清教授。

楼教授出身于广东潮州，潮州是中国海盗大王陈祖义的家乡。楼教授正在撰写一本介绍陈祖义发迹的专著。

听完"水头"的来意，楼教授说："我看'大王'的宝座，应该绘中国的海盗大王陈祖义！"

楼教授的理由有以下几点：

一是从海盗集团的规模来看，今天索马里海盗应该是当今最风光的海盗，一旦截获几艘价值不菲的货船，就极大地增加了他们在海盗史上的地位。但是，在他们中国前辈"海盗王"陈祖义面前算是小巫见大巫。陈祖义建立的海盗集团是迄今为止世界规模最大的，掠夺的"胜利品"的数量也是所有海盗望尘莫及的天文数字。

二是从影响力来看，陈祖义的海盗行为不仅给社会带来不安宁，还影响了明朝国策的制定。许多史学家认为：明朝朱元璋的"闭关锁国"政策，归结于海盗陈祖义的猖獗滋事。而且，这个政策还延续到清朝。这样的保守政策引发了中国近代史的落后，这在世界海盗史上也仅此一例。

三是陈祖义的下场是世界所有海盗无法比拟和效仿的。陈祖义在明朝当局的穷追猛打下，逃到了三佛齐（今属印度尼西亚），在一个叫作渤林邦的国度，居然当上了国王手下的一员大将。国王死后，陈祖义重操旧业，聚集大批海盗，自命渤林邦国国王。海盗做"国王"在世界海盗史上也只有陈祖义。

楼教授有眼有板地讲述，使"水头"对"大王"的"定位"再没有悬念了："收获真是太大了。'大王'非中国的海盗王陈祖义莫属！"

接着，"水头"提出了黑桃 Q 和 J 的人选问题。

楼教授沉思片刻，从书房里拿出一本出版不久的小册子，讲给"水头"听。

"水头"听说，连声叫道："这个主意和设想真是妙极了！"

"水头"拿着小册子赶回家，连夜将54张扑克牌编码、定位、入列，又经过几天的精心绘制，一副别致新颖的"海盗"扑克牌"横空"出世。

船员们拿着"海盗"扑克牌爱不释手，问道："最后几张牌是如何解决的？"

"水头"把中国海盗大王陈祖义的历史讲给大家听后，拿出楼教授那本小册子，翻开一页，一行醒目的标题呈现在众人面前："海盗归宿惊影"。

"水头"解释说："这是一本介绍世界海盗归宿的书，记载了主要海盗的最后结局。"

接着"水头"对书中内容进行简单介绍：

历史上除少数海盗"改邪归正"、更名藏匿并"金盆洗手"外，绝大多数海盗死于"相互残杀"或"被俘吊桅"中。著名的海盗让·戴维·诺是法国人，外号"食人狼"。他把人捉到后，吊在桅杆上开膛破肚，趁热把人心吃下去。让·戴维·诺的归宿是被印第安人活捉后，将其割成碎块，然后分吃下去。另一名著名海盗威廉·基德，死前与一名叫伍尔的水手交手，基德将伍尔脑袋打开了花，血浆四溅。人们把基德捆绑起来送回英国，基德被处以绞刑，尸体在泰晤士河口悬吊了五天五夜。罪恶累累，杀人如麻、浑号叫"白棉布杰克"的大牌海盗，被英国海军追捕，最后被俘绞死后，用铁钩吊在船头"暴尸多日"。

这时，有些船员等不及了，问："这些与编写扑克牌'定位'有什么关系？"

"水头"清了清嗓子，不紧不慢地说："关系大着呢！"你们想想看，扑克牌中的 Q 像不像一根绞索，被吊在泰晤士河口的大牌海盗基德正好'对号入座'。牌中的 J 恰巧似铁钩把"白棉布杰克"吊在船头……

这时，船员齐声喊道："真是又神奇又贴切！"

"水头"的海盗扑克牌既丰富了海员们的生活，又增加了大家的知识，一时风靡航海界。

# "吉祥三宝"的"太师椅"风波

"吉祥三宝"摊上事啦！

远洋家属住宅小区，人们的议论声"风生水起"："这事儿咋摊到老吉头上了！""一把破椅子有啥了不起。""别小看这把椅子，可有来头了！"

人们议论的"吉祥三宝"名叫吉琛，一名退休的水手，远近闻名的老远洋。

吉琛平时喜欢摄影和收藏，退休前一幅《凯旋归来》的摄影作品，还得到海员工会颁发的"海员摄影优秀奖。"

《凯旋归来》的设计十分新颖：一般悬挂五星红旗的巨轮迎着初升的朝阳，一群身着制服的海员簇拥在船公司"名片"——烟囱前，高举胜利的手势，面带微笑朝着照相机……

选择如此特殊的场景，与远洋货轮"东方朔"号勇斗海盗的事件有关。

这天，"东方朔"号驶进了索马里海区。天刚曚曚亮，值夜班的吉琛从淡水舱测完水深回到驾驶台，发现左舷不远处隐约有两条小船朝"东方朔"号逼近。

航上预先已做好了防海盗的准备。

全船各就各位，船长登上了驾驶台，水手们持高压水枪隐蔽在舷墙旁……

吉琛按照防海盗的布署，桅杆顶升起了五星红旗，打开了烟囱旁的照明灯，拉起了一串"信号旗"，信号旗表明：我轮遭遇海盗，请护航部队注意！

这时，天已大亮，海盗小艇渐渐朝"东方朔"号靠拢。

吉琛按照船长的指示，拉响了战斗警报汽笛，刺耳的笛声顿时响彻寂静的海空。

"东方朔"号按照原定航向继续破浪前进。

全船已做好了迎战海盗的准备。

但是，奇迹发生了，两条海盗小艇好像察觉到了什么，在接近"东方朔"号的瞬间，突然调转船头，迅速离开"东方朔"号，不久就消失在远处的海面上……。

在这次反海盗胜利的总结会上，船长幽默地说："船上的'吉祥三宝'吓退了海盗。"

这话说到了船员的心坎里。

轮船的"吉祥三宝"是船长在一次远航途中讲给大

伙听的。

古时候，轮船的烟囱被人们称为轮船的"帽子"。轮船"帽子"始于蒸汽机时代，每只"帽子"都表示轮船有只产生动力的锅炉。人们根据烟囱的大小和多寡来判断船的速度和安全，人们把轮船烟囱推誉为"吉祥物"。

内燃机代替蒸汽机后，烟囱的作用不如以前，甚至出现了无烟囱的轮船。

但是，人们看惯了轮船的"帽子"，对无"帽子"的轮船不习惯，甚至有一种不吉祥的感觉。

于是，轮船又重新戴上了"帽子"，并且在"帽子"上大作文章，涂上斑斓色彩和图案，以招揽顾客和货主。

久而久之，人们见到轮船烟囱的形状和图案，就能认出轮船所属的国籍和公司，像中国远洋运输集团的徽记是：以浅黄和大红搭配的底色上，一只红五星和三条黄色的水纹线，五星表示中国国籍，三条水纹线表示经营运输世界三大洋的业务。

随着航海的发展，轮船的"帽子"成了海难救助、港口管理、防御海盗等不可缺少的"吉祥物"。

船旗是轮船资格最老的"邮件"和"身份证"。

在古帆船时代，白天船员挥动手中的衣物、破损的帆具、木桨作为视线内船舶相互通讯联络的唯一手段。

这是轮船最古老、最原始的通讯工具。

后来，人们制作了色彩和形状各异的小旗来传递信息。每面小旗都代表特定的意思，可以单独使用，也可几面小旗结合使用。人们还把这些小旗表达的意思写进

「吉祥三宝」的「太师椅」风波

一本《国际信号明码表》的书里，根据小旗的组合形式，找出通讯传达的意思。

声号是轮船的语言。轮船的"语言"既复杂又简单。说它复杂，是因为有两种表示方式：有声的和无声的；说它简单，因为它在全世界通用，无须翻译。

轮船的声号起源于远古时代。为便于海上联络和雾中航行安全，人们用螺号和敲打石头传递信号。随着金属器具的出现，敲打金属器具逐渐占了主要地位。如今，雾中的钟声和螺号声仍不绝于耳。

随着无线通讯的诞生，开辟了轮船有声语言的新时代。但是，声号仍然是轮船不可缺少的"吉祥物。"

轮船的"吉祥三宝"在"东方朔"号船员心中留下了深刻印象。

这次反海盗斗争中，"吉祥三宝"显出了它们的威力，这是"东方朔"号船员的共同心声。

"东方朔"号烟囱上标有中国远洋运输公司的徽记；桅顶飘着中华人民共和国的国旗；信号旗清楚表明"东方朔"号遭遇海盗、请求救援的信号；刺耳的声号告知海盗，船上已经做好了战斗准备。

经验丰富而狡猾的海盗面对中国远洋货轮知道凶多吉少。多次失败的教训，迫使他们乖乖溜走了。

这件事给"东方朔"号船员留下深刻印象；"吉祥三宝"救了"东方朔"号，名不虚传！

从此，吉琛对轮船的"吉祥三宝"倍感亲切，拍摄了大量以"吉祥三宝"为背景的照片。

由于吉琛本身姓吉，又对"吉祥三宝"情有独钟，"吉祥三宝"便成了吉琛的代名词。

　　那么，"吉祥三宝"摊上啥事了？

　　说来话长，简单一句话：与航海收藏有关。

　　"吉祥三宝"退休后，想建个私人航海收藏品展览室。一天，经一个朋友推荐，在"淘宝"市场买来一个高脚的木椅，据说是元朝船上的"太师椅"。

　　谁知，"太师椅"买来不久，当地公安就找上门来。原来，这把"太师椅"是个诈骗团伙仿制的赝品。"吉祥三宝"是个受害者，公安局是来找证据的。

　　一场虚惊之后，人们不禁提出疑问："太师椅"有何收藏价值？

　　"它可是船长的救命椅。""吉祥三宝"讲起了"船长椅"的故事。

　　"船长椅"最早出现在航海发达的欧洲。当时航海技术落后，许多情况都需船长亲临驾驶台坐阵指挥，有时几天几夜不能离开。过度紧张和劳累常使船长昏厥，甚至猝死在驾驶台上。

　　因此，供船长休息的"太师椅"应运而生。

　　"太师椅"虽小，作用很大。据资料统计，它的出现使船长的死亡率减少了 50%，人们称它为救船长命的"福椅"。

　　随着航海技术发展，船长上驾驶台的次数大大减少，"太师椅"成了值班驾驶员和水手的"宝座"；谈天，打磕睡……不过，这常常延误了瞭望的时机，造成海难事故频发。这样"太师椅"又成了"祸椅。"

　　为此，船东要求撤换"太师椅"，但是遭到船员们的反对。船员们认为"太师椅"的出现是对船长人权的重视，健全驾驶台值班制度，才是解决问题的根本。

　　于是，一部完整有效的"驾驶员值班制度"写进了《世界海事公约》。

　　至今，"太师椅"虽然形态各异，仍然在驾驶台上起着"福椅"的作用。

　　最后，"吉祥三宝"没有忘记，笑着说"太师椅"的故事是"东方朔"号船长讲给大家听的。

追梦远航

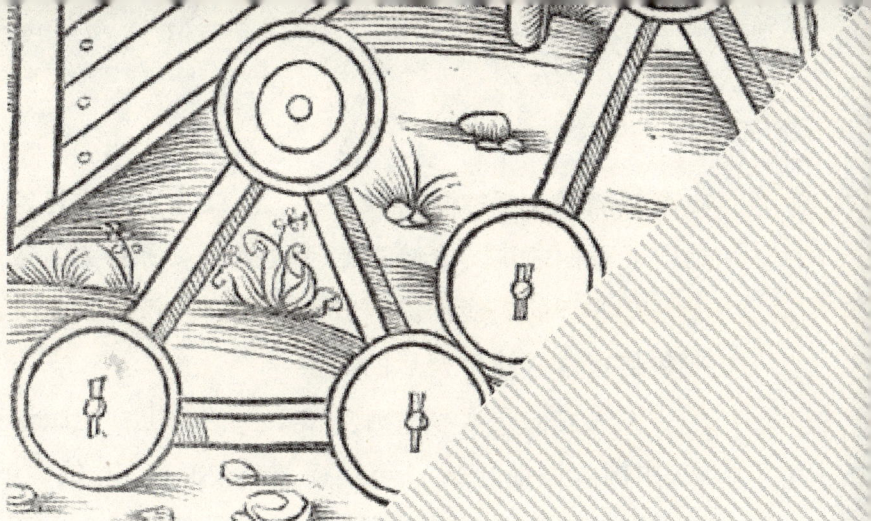

# 珍稀纸币的背后

　　史暄是收藏航海纪念品的玩家。喜欢收集航海纪念品是从海事大学读书期间开始的。他利用课余时间，收集了许多与航海有关的纪念品，邮票、钱币、帽徽、袖标等。

　　毕业后，史暄利用远航的机会继续努力搜集纪念品，特别是各式各样与航海有关的钱币，这缘于一次不寻常的航海经历。

　　当时，史暄远航来到美国的西雅图港，正值纪念美国首任总统华盛顿诞辰的活动。为此特别印制了一张以华盛顿头像和大轮船为背景的纪念纸币，一艘浓烟滚滚的大轮船托着英姿勃发的肖像迎面驶来。通过这张纸币，史暄知晓了少年的华盛顿曾有一段痴迷航海，想做一名远洋船长的故事。史暄开始了收集与航海有关的钱币，无论是非洲的、澳洲的、欧洲的众多钱币尽收囊中，并搜集整理这些钱币背后的故事。

不久前的一次"讲海员故事"的会上，史暄意外得知，中国人民银行1953年发行了一张面值5分钱的纸币，上面有艘飘扬着五星红旗的巨轮。巨轮"登"上纸币，在我国纸币史上尚属罕见。据说，驾驶这艘巨轮的是新中国航海界赫赫有名的人物，其中有段鲜为人知的经历，并根据这段不平凡的经历，拍摄了一部电影《"长虹"号起义》。

这部影片立刻引起人们强烈反响和喜爱。史暄将这张珍稀的"海味"纸币小心翼翼的收藏起来，然后进一步去了解纸币背后的故事。

机会终于来了。

史暄休假期间，来到寄纸币给他的朋友晓海的单位——大连远洋运输公司。

晓海是大连远洋运输公司的一名年青的水手，史暄网名"永不离开大海"的网友。

晓海讲起了他刚到大连远洋运输公司时，人们津津乐道的故事。

"这张纸币上的大轮船不是普通的大轮船，它是新中国成立前夕，第一艘起义的'海辽'号货船。"晓海带着浓郁地方腔的讲述，深深吸引了史暄。

"海辽"号原为国民政府招商局的往来于上海——厦门—广州的定期班轮。1948年末，解放辽沈、平津和淮海战役相继结束，全国解放的大势已无悬念。

1948年9月18日，"海辽"号接到台北招商局电令，与其他在港船舶于20日清晨启航，前往汕头运兵驰援舟山。

此时，正值新中国成立前夕。9月19日，太阳刚刚落山，码头一片寂静。"海辽"号未悬挂信号旗和鸣响汽笛，悄悄驶离了码头。

中秋的东海异常的肃静。朦胧中，"海辽"号如同一条黑色的巨鲨，朝西南方向急驶而去。船舱里除了有节奏的机器轰鸣声和螺旋桨绞水的哗哗声，几乎听不到任何声响。

晚上九时正，餐厅的座钟刚刚响过，这里已坐满了人。

此时，一位身着船长制服的中年男子健步走进餐厅，他就是"海辽"号的船长方枕流。方船长一改平时沉默寡言的习惯，大声对在坐的50多名船员庄严宣布："祖国大部分地区都已解放了。我要宣布一个重要决定："海辽"号现在起义！"

方船长的话音刚落，歺厅里顿时欢腾起来。此刻，船员们正为自己未来的前途担扰。从外边传来的消息判断，国民政府有可能退守台湾。经常充当国民党运输商船的"海辽"号货轮如果被强制留在台湾，大伙儿回大陆的希望就没有了。

在一阵欢腾的议论声中，突然从人群中传出一个激烈的反对声："我不同意！你们投奔共产党，国民党的飞机能放过你们吗！"

此人名叫金久成，"海辽"号的大管轮。

立刻餐厅里一阵躁动。正当人们纷纷指责金久成时，金久成身边一位膀大腰粗的汉子，突然拔出腰间的左轮手枪，指向方枕流船长和船上的报务主任马骏："你们俩个涉嫌背叛党国，已经被捕了！"

此人正是船卫长侯登山。侯登山的话音未落，就听背后"叭"的一声响，轮机手刘德手中的大板手正砸在侯登山持枪的右臂上，还未等金久成反抗，几个轮机手飞身上前，将侯、金二人捆绑个结结实实。餐厅里瞬时安静下来。

方船长率船起义的决定，得到绝大多数船员的拥护和响应。

方船长一边命令将金久成和侯登山关押起来，一边胸有成竹地对大伙儿说："我们已经做了充分的布署和准备，一定能把大家安全送到解放区！"

"海辽"号为了避开国民党飞机和军舰的干扰，继续朝南航行，穿过菲律宾的巴林塘海峡，然后调头北上。

夜色中，"海辽"号渐行渐远，不知不觉天已破晓。就在这时，前方不远海面突然传来一阵枪声。"报告船长，前面好像遇到了海盗！"轮机手满头大汗的敲开方枕流船长的房间。

二战期间的巴林塘海峡周边的国家，把主要精力都集中于战争，巴林塘海峡成了海盗的天堂。

方枕流船长急忙登上驾驶台。只见船头不远处一艘商船正燃起熊熊大火，一艘铁壳小艇停靠在商船旁边，海盗正从商船上搬运东西。

方枕流船长果断命令转舵离开海盗船。不料，船头响起了密集的枪声。十几名海盗已从船艏的锚链孔钻上了"海辽"号。

方船长手握车钟，下令加速朝前方的海盗船冲去……

"海辽"号是二战期间美国建造的"自由"轮改装来的，船壳十分坚固。海盗船哪里是对手，瞬间被撞开个大洞，海水迅速涌进船舱。海盗纷纷跳海逃生……

"海辽"号起义途中，一支意外遭遇海盗的"插曲"，让船员们纷纷伸出大姆指点赞：方船长智勇双全果然名不虚传。极大地增强了他们对"海辽"号平安抵达解放区的信心。

9月23日，"海辽"号起义的第四天，国民党船务总局对"海辽"号的行踪产生了怀疑。报务主任马骏借口发报机出了故障，将电台关闭，"海辽"号与外界失去了联系。

此刻，大伙十分焦急：船务总局一旦发现"海辽"号的行踪，后果将不堪设想。

就在大伙焦急的时刻，方枕流忽然一拍脑袋："我有个办法"。说着，方枕流船长将轮机手刘德唤到身边，悄悄耳语了几句。接着刘德带领几名水手爬到船的烟囱上，用油漆写下了"玛丽莫拉"几个显眼的字母。

原来，巴拿马藉"玛丽莫拉"号与"海辽"号属同一船型，除非亲自上船"验证"，否则很难辨识。

方枕流船长"偷梁换柱"的魔术，果然起了作用。第二天中午，一架国民党的飞机围着"海辽"号兜起圈子，然后啪啪拍了几张照片，悻然离去。

但是，仅过了一天，一架涂有"青天白日"旗的战斗机，对着"海辽"号投下了一枚炸弹。虽说爆炸声震耳欲聋，却没有伤到"海辽"号的筋骨。

方枕流船长亲自操纵舵轮，"海辽"号在海上走起"S"形。正在驾驶台监视战斗机动向的刘德，乘着飞机投弹的空隙，率领水手冲上甲板，操着早已准备好的枪支，朝着飞机开火。飞机紧拉操纵杆，不料，慌乱中左侧机翼撞上"海辽"号的主桅，拖着一股浓烟，一头扎进茫茫的大海里。

1949 年 9 月 28 日清晨，在海上经历了九天九夜的艰难航程，"海辽"号终于胜利抵达大连港。

10 月 24 日，毛泽东主席打电报给方枕流船长和全体起义船员，表示祝贺和嘉勉。

后来，为纪念"海辽"号起义成功，在设计新中国纸币时，特意将"海辽"号图案放在 5 分纸币的右边，使"海辽"号的光辉形象永远铭刻在中国人民心中。

　　"解放后，方枕流船长亲手参与组建了大连远洋运输公司，"晓海最后激动地说："这段故事是我刚到公司时，老一辈船员讲给我的，希望我们年青一代海员继承老一辈海员的光荣传统，为祖国航运事业做出新贡献！"

　　这张珍稀的"海"味纸币成了史暄讲述海员故事的宝贵实物，常常展现在青少年航海爱好者面前。

# "船长帽"里的秘密

这是一个与索马里海盗有密切关联的故事。

在航海界，被誉为"算盘"船长的"寥若星辰"，戈雅船长是十分出彩的一位。

"算盘"船长的美名是戈雅船长的帽子引起的。

戈雅船长常年驾船来往于有海盗频繁出没的索马里海域。

一次，戈雅船长又来到这个不平静的海域。尽管事先船上做了准备，船还是被狡猾的海盗劫持了；经过一番讨价还价，赎金敲定了，就在最后拍板瞬间，海盗忽然向戈雅索要"货物清单"。海盗翻遍了驾驶台和船长室，一无所获，只好作罢。

原来，船开航前，戈雅船长核查船舱货物时忽降小雨，情急之下，把"货物清单"顺便放进帽子。不料，这一紧急"措施"使海盗的赎金大打折扣。船上贵重物品会使海盗索要的赎金成倍翻番。

为此，戈雅船长还受到船公司的嘉奖。

打那以后，这件事引起戈雅船长的深思，与海盗斗争需要"计谋"和"智慧"。

戈雅船长开始钻研海盗的历史、活动规律和面对赎金的对策，成了名副其实的"海盗经济学"专家。

"算盘"船长的绰号在航海界传开了。

"海盗经济学"随着索马里海盗升温，成了航海专家探讨的热门话题。

不久前，国际海事组织特约戈雅船长撰写一篇有关海盗经济学的专题文章，准备发表在《世界航海》杂志上。

剑雄来到"神狮勇士"号之前，就知晓"算盘"船长和帽子的故事。水手剑雄是远近有名的"海上故事大王"、众多航海爱好者的粉丝，他喜欢搜集海上奇闻逸事。所以，剑雄上船后特别注意戈雅船长的那顶软沿礼帽。

戈雅船长是典型的英格兰人，身材瘦小，貌不惊人。每当船要经过索马里海域时，戈雅船长那顶礼帽就整天戴在头上，形影不离。

人们告诉剑雄，戈雅船长帽子里装的都是反海盗的"宝贝"。

想知道其中奥妙的剑雄，几次尝试得到帽子里的东西但均告失败。

听说戈雅船长特喜杜松子酒，剑雄专门拎着杜松子酒前去讨教，结果遭到冷眼："开船不能喝酒！"

正当剑雄十分懊恼的时候，机会来了。

"神狮勇士"号抵达法国马赛港当天，国际海事组织的专家从瑞士赶来取经。

戈雅船长终于从帽子里取出"宝贝"——一本密密麻麻写满文字和画满图示的小册子。

望着大伙不解的样子，戈雅船长做了认真详尽的讲述和解释。

听完"算盘"船长有关索马里海盗的形成、预防海盗的措施、与海盗周旋的策略、海盗赎金的来源和分摊等绘声绘色的讲述，剑雄在佩服"算盘"船长的同时，也产生了疑问：既然索马里海域海盗如此猖獗，轮船为啥选择这条险路呢？

最终，剑雄拎着杜松子酒来到"算盘"船长的房间。

望着剑雄求知心切的神态，"算盘"船长斟满一杯杜松子酒，笑呵呵地说起来。

往返欧洲大陆的航路有两条：经索马里海域穿越苏伊士运河和绕道非洲好望角。

第一条航线单程只需 12 小时，费用大约几十万美金。如果选择第二条航线，绕道非洲好望角，不仅要克服恶劣的海况，还要多跑近 1 万千米，成本高达几百万美金。

"算盘"船长翻开"帽子"里的"宝贝"继续说，

虽然索马里海域海盗十分猖獗，经索马里穿越苏伊士运河的船只却有增无减，从 2007 年的 1.5 万艘增加到现在的 2 万多艘。

除经济原因外，各国在此海域增加了护航舰船并成立了海上"保安公司"，每年被劫的船舶只占总数的 0.2%，其中 99.8%未被袭击。

"算盘"船长眼睛盯着手中的"宝贝"说，船舶一旦被劫持，船东会要求船舶保险公司偿付海盗的赎金。

一直倾听的剑雄突然开口："船上人多力量大，船一旦被劫持就跟海盗拼啊！"

"算盘"船长望着剑雄说："海盗原则上不伤害船员，船员活着才能要赎金；一旦在海盗枪口下发生械斗，船员的生命就很难保证了。"

剑雄好像想起什么说："听说不久前，美国海军的'海豹'突击队狙击手击毙了海盗救出了'马士基·亚巴马'号船长。"

"算盘"船长没有否认，说："这是特例。就在'海豹'突击队营救菲利普斯船长的日子里，对法国游艇'塔尼特'号的营救却让船长送了命。当人质被劫持后，采取强硬手段的成本往往大于不行动的成本。"

说到这里，餐厅里就餐铃响了。

"算盘"船长收起手中的"宝贝"放进帽子里，剑雄乘势问了句："过海盗区，为什么一定要戴帽子？"

"算盘"船长诡异地笑了笑，没有回答。

后来，剑雄从国际海事专家那里得到答案："帽子"

里的许多资料和数据是"算盘"船长多年积累和计算的，一旦船被海盗劫持，"帽子"既是保险柜也是与海盗讨价还价的"依据"。

　　剑雄离开"神狮勇士"号休假时，特意带着"算盘"船长的帽子，站在甲板上拍了一张纪念照。

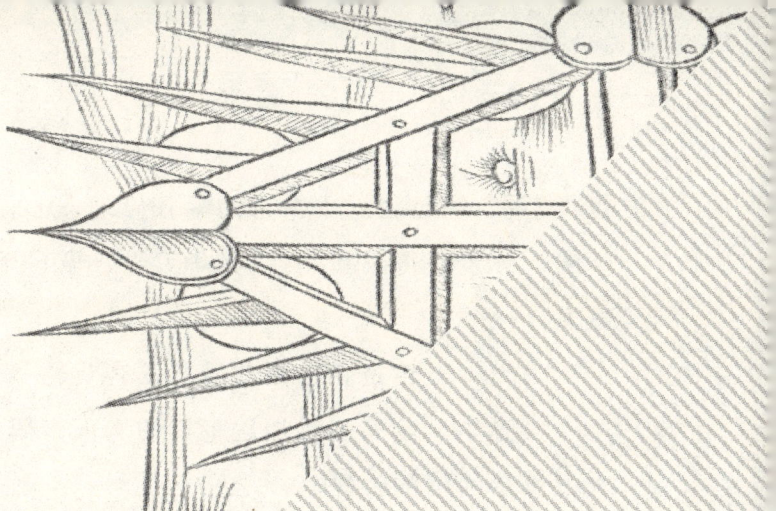

# "逮水鸭子最多" 的航海家

　　1961 年初春，春风送暖。广州黄浦港彩旗飞舞，人声鼎沸。一艘悬挂五星红旗的客货轮缓缓驶离码头。

　　不久，这艘轮船航经南海和印度洋，来到印度尼西亚的雅加达。

　　这是一次特殊的运输任务：接运受到印度尼西亚当局迫害的华侨回国。这艘客货轮就是大名鼎鼎的"光华"轮。当时我们还没有远洋客货轮，为了接侨工作，国家原准备外租船舶完成这项特殊任务。但是由于租金高，还受到种种阻力和刁难，最后周恩来总理亲自批示，从接侨费用中拨出 26 万英镑，由希腊轮船公司买回这艘名叫"斯拉贝"号的客货轮。这艘破旧的、千疮百孔的"斯拉贝"号，经过将近十个月的紧张修理，几乎报废的"老爷船"终于获得了新生。"光华"轮，取自"光耀中华"之名。

"光华"轮是新中国首艘远洋客货轮。

"光华"轮靠上雅加达港口的当天，码头边聚集了大批等待回国的侨民。

接侨的船方代表和当地侨联代表站立在舷梯旁，迎接归侨上船。

这时，一位侨联代表突然从人群中走了出来，径直握住一位船方代表的手："终于见到你了！"对方尚未缓过神来，他又接着说了句"逮水鸭子最多的人。"

这位船方代表仔细望着对方，忽然惊喜地喊道："哎呀！老同学没想到在此见到你，一晃过去了十几年！"

双方紧紧拥抱着，感动了在场的许多人。

原来，俩人是当年广州海事专科学校的同学。

这时，一位名叫申琛的报社记者，记录下了这个场面。

这位船方代表，正是"光华"轮的船长陈宏泽，是一位赫赫有名的航海家。出于职业敏感性，申琛准备采访这位被称为"逮水鸭子最多的人。"

由于接侨工作繁忙，申琛未来得及拜访陈宏泽船长，"光华"轮就离开了雅加达。

一晃又过去几年，"逮水鸭子最多的人"的名声越来越响，不仅多次驾船来往东南亚接回华侨，还培养了许多航海人才，是航海界有名的伯乐。

申琛准备登门拜访这位"逮水鸭子最多的人"。

但是，一场突如其来的"十年动乱"，这位"逮水鸭子最多的人"销声匿迹了。

当申琛再次得到"逮水鸭子最多的人"信息时，是在 1988 年 3 月 19 日，陈宏泽船长的追掉会上。由于大面积心肌缺血，陈宏泽船长于 3 月 14 日与世长辞。

广州殡仪馆汇集了来自各地旳校友和亲朋。

悼念大厅悬挂着陈宏泽船长的遗像。遗像两旁老校友敬献的挽联格外引人注目：

> 历半世瀛海生涯，香江护产，远洋开拓，两印接侨，更友联创业，乡关建政，有勇有谋多贡献。

> 凭一腔赤诚肝胆，励志洁身，律己虚怀，终生爱国，直立地顶天，斩棘披荆，无私无畏是楷模。

申琛利用这个机会采访了到会的嘉宾和老校友，揭开了"逮水鸭子最多人"的秘密。

陈宏泽船长早年毕业于广东省立海事专科学校。这是我国最早培养航海人才的学校之一，为我国培养了一大批优秀航海人才。

陈宏泽在校时，学习勤奋，尊师爱校，是有名的高材生。学校主要科目有天文航海，海图作业，实用航海，避碰章程等，陈宏泽门门优秀，每学期的奖学金都有他的份儿。后来由于抗日战争爆发，学校由海边迁到山区，借当地三座古庙上课，环境十分简陋。为锻炼学生的体质以适应将来海上生活的需要，在仅有的足球场旁设立了单杠和双杆，学生轮流使用，并因地制宜开展爬山、长跑和游泳等运动。

陈宏泽一向尊师重道，和同学友爱相处。由于学校经费不足设备奇缺，多数师生来自沦陷区，同挤在一座破旧的古庙里，常常食不裹腹，学校开始垦荒种菜。陈宏泽像头牧牛，埋头苦干，还经常挑选最大最好的蔬果送给老师和低年纪同学。小同学都喊他"契爷"（干爹），直到几十年后，已经年近花甲的小同学还亲切地称他为"契爷"。

当申琛提起"逮水鸭子最多的人"疑问时，人们笑着告诉他：当年学校没有游泳池和跳台等没施，便在学校附近一条小河的拐弯处设立了简单的"游泳池"和"跳台"。这里流水急湍、河道曲折，为培养学生顽强勇敢的精神，特意编排了"激流擒鸭"活动：参加活动的学员，事先在岸边等候，老师在上游把鸭子放进水中，待鸭子随流游至岸上学员处，老师一声令下，学员争先恐后跳入水中擒鸭。此时，有的游泳速度不如鸭子，有的赶上鸭子却擒拿无方，眼看着鸭子擦边而过。

只见陈宏泽纵身从河边悬崖跳入水中，在靠近鸭子时，双脚踩水、身体垂立水中，轻松地左右手各捉一只。在最后计算逮鸭数目时，陈宏泽总是赢得"头牌"，被人们誉为"逮水鸭子最多的人"。

这个绰号一直在同学中广泛流传。几十年后，许多同学记不起他的名字，只要提起"逮水鸭子最多的人"无人不知、无人不晓。

"逮水鸭子最多的人"秘密揭开了。

申琛从中受到深刻的启发和教育：中国首艘远洋客货轮"光华"轮船长陈宏泽就是在如此艰难困苦的学习环境中壮大成才的。他的名字和"光华"轮一样永载史册！

追悼会后，申琛陆续收到陈宏泽校友和亲属提供的信息和资料：陈宏泽 1921 年 1 月出身在广东中山县（今中山市）一个华侨的家庭。解放前夕，参加了香港招商局 13 艘船的起义，经历了火和血的考验。"光华"轮在香港大修期间，为了节省国家开支，他跑遍了香港所有船厂，最终以报价的十分之一的价格，将船上 12 只木质救生艇全部换成崭新的铁壳救生艇，得到各方的高度称赞。担任"光华"轮船长后，他不辞辛苦到处搜集船舶管理资料，结合实际情况，制订了中国航海史上第一个远洋船舶管理规章制度，在担任中国首艘 10 万吨级油轮"丹湖"号首任船长时，他夜以继日地钻研油轮管理的相关知识，写下了 10 余万字的航行管理笔记，这些资料至今都有实用价值。在广州远洋运输公司 16 年，他多次率船出航开辟新航线，五洲四海都留下了他的足迹。1976 年，陈宏泽调往香港友联船厂有限公司为第一任总经理，按规定家属可以随同前往，但是，他却坚持单身与同事们窝居在简陋的厂房里，每晚听老鼠吱吱的叫闹声……

陈宏泽在广州海事专科学校是位体育好手，体魄健壮，许多年后，校友们还记起他在小河沟捕捉鸭子的雄姿，万万没想到会过早地离开他终身喜欢的航海事业。

# 海盗餐厅的"自助餐"

　　谢天谢地，"卡塔琳娜"号经过 48 小时的拼搏，终于驶出了号称"海员坟墓"的比斯开湾。

　　"卡塔琳娜"号是以西班牙著名女海盗卡塔琳娜的名字命名的，船员多数来自西班牙。

　　"英文'海盗'一词源自希腊语。希腊语中，海盗被定义为攻击或企图攻击船只的武装强盗。"船上大厨罗西对刚上船不久的中国水手康辉说："历史上，海盗猖獗的不是意大利而是西班牙。"

　　大厨罗西是地道的意大利热那亚人。热那亚是航海家的摇篮，罗西也出生于海员世家，烧得一手好菜。船员为与足球皇帝罗西区别，都称他"海上罗西"。

　　"海上罗西"与康辉都喜欢听海上故事，俩人成了好朋友。

"卡塔琳娜"号驶出比斯开湾后，"海上罗西"为犒劳大伙，特意烹调两道与航海有关的菜肴和甜点：海上意大利牛肉和比斯开湾饼干。

比斯开湾饼干，康辉在上"卡塔琳娜"号前已经听人介绍过：大约100多年前，一艘名叫"环大西洋"号的货轮在比斯开湾遇上风暴，不幸被巨浪掀翻在海里，最后被冲到一座荒岛的岸边。船上幸存者逃到荒岛后，面临饥饿和死亡的威胁，突然想到船舱里还有面粉和奶酪，他们设法潜回船舱找到了"救命"的"宝贝"。不料，面粉和奶酪已被海水浸湿变成了"面糊"。他们只好将这些"面糊"摆在岛上礁石上，让阳光烘烤。没想到，这些经过太阳烘烤的"甜食"，不仅救了他们的命，而且味道也十分香脆可口。

这道"甜食"立刻风靡欧洲。由于发祥地在"比斯开湾"，于是称它为"地斯开湾饼干"，它也成了饼干的"祖先"。

对于海上意大利牛肉，康辉还未听说过。

吃过午餐，利用休息的时间，康辉找到了"海上罗西"。

"海上罗西"讲了这段美食的奇特来历。

第二次世界大战期间，意大利巡洋舰常常游弋在大西洋海域，阻截偷袭盟军的运输船队屡战奇功，享有"海上尖刀"的美誉。一年圣诞节前夜，在海上巡逻多日的"海豚"号的物料几乎消耗殆尽。

恰巧，炊事兵在冷藏箱内意外发现一块牛肉。

欣喜若狂的炊事员，按着传统烹调方法把牛肉放进锅里加热。这时，他发现厨房的淡水已经耗完，慌忙中把一小桶啤酒倒进锅中"救急"。谁知，啤酒烹调的牛肉不仅色泽鲜艳，而且肉嫩而滑、汤淡而稠、色味俱佳，水兵们赞不绝口。

不久，这道在海上意外"发明"的佳肴，由海上传入陆地，不仅在欧洲的餐馆里，在东方的国宴上也有一席之地。

"当你吃过这些航海'美食'时，可不要忘记航海对人类的贡献！"说到这里，"海上罗西"哈哈大笑起来，接着又说："海盗餐馆的自助餐更有趣味、更棒。不过，对不起，准备晚餐的时间到了。"

康辉为了继续听"海盗餐馆自助餐"的故事，主动来到厨房帮厨。

就在这时，船上接到公司调度的通知；船在法国装卸完货，直航西班牙巴塞罗那装货。

"海上罗西"高兴地哼起了小曲。

巴塞罗那是位于西班牙伊比利亚半岛上，是西班牙的主要港口。这里有许多奇特的餐馆，其中"海盗餐馆"更为有名。

"海上罗西"决定到港后带康辉品尝"海盗餐馆"的美食，掀开"海盗餐馆自助餐"的秘密。

"卡塔琳娜"号靠上码头，正巧碰上复活节。按当地风俗习惯，复活节及节后一周都不工作，因此街上商场和酒吧十分火爆。

"海上罗西"带领康辉来到海边一座以著名海盗的

名字命名的餐厅。

餐厅的布置十分奇特：前厅摆着一艘海盗船的模型，四周墙壁上悬挂着海盗的盔甲、长矛、腰刀……长条的餐桌上，各式各样的器皿里摆放着五颜六色、种类多样的甜点和菜肴，令人眼花缭乱。

这种场合，康辉还是第一次见到。

"海上罗西"边在条桌前挑选菜肴，边说："这里的甜点和菜肴除时令菜外，大多数是当年海盗喜欢的食品。"

这时，康辉发现盛装食品的器皿，除了陶瓷、木桶外还有贝壳制作的碗和盘子，便自言自语道："真实且太有趣了！"

"这是由于海盗当时生活条件决定的。海盗除了在海上打劫外，还不时在海上捕捞。""海上罗西"说："如果捕到大鲸鱼，鲸鱼油的价值堪比黄金！"

俩人边吃边谈，不觉已经酒足饭饱。

康辉一支惦记着"海盗餐厅自助餐"的故事。"自助餐故事还未讲呢！"这时，一位身着海盗服装的侍者走了过来，康辉因为要"买单"，连忙拿出钱包，却被"海上罗西"制止了，说："今天我买单，不过，按这里规定要抓'彩'。"

说着，侍者捧来只桶，里面封装着有关海盗知识的问答题。如果顾客答对了，饭菜价格可以打折。

还未等康辉反应过来，"海上罗西"已从桶里掏出一张纸签。"海上罗西"打开一看，哈哈大笑说："五折打定了！"

纸签上的题目是：自助餐与海盗的关系？

真实太巧了，这个故事正是康辉想知道的。"海上罗西"不费吹灰之力，给了他一个满意的答案。

自助餐是现代世界各国人们喜欢的一种用餐方式，省略了许多点菜的麻烦，还省去了配菜的心思和礼让的虚荣，更主要的是经济实惠，出一个价钱，在最短的时间和有限的空间里可尝尽各式美食，是当今人们十分喜欢的一种就餐方式。

自助餐起源于 8～11 世纪北欧的斯堪的纳维亚半岛海盗十分兴盛的时期。

那时的海盗每当有所猎获，就由海盗头领出面大宴群盗，以示庆贺。但是，海盗们多数不熟悉和不习惯西餐的"繁文缛节"，感到十分别扭。于是，生性豪放的海盗们独出心裁，发明了在这种自己到餐桌上自选自取食品的用餐方法。

这就是海盗们发明的最早的"自助餐"。

后来，西餐馆老板将这种用餐方法进行了规范，丰富了食品的内容和品种，便成了今日的自助餐。

"所以说，海盗是'自助餐'的发明者一点也不为过，""海盗罗西"最后说："航海的故事，三天三夜也讲不完！"

"海上罗西"的回答，不仅使餐费打了折，还使康辉知道了自助餐的来历。返航的路上，康辉兴奋地说："航海给人带来的知识真是太多了。我一定珍惜这个职业，做一名合格的远洋人。"

# 背磨盘上船的人

　　"画像很传神，特别是一双炯炯有神的眼睛，不过……这是一幅名叫"背磨盘上船的人"的肖像画。

　　面对这幅人物画像，人们啧啧称赞不已的同时，对主人翁面庞有些疑惑：似乎胖了些？

　　这是海员业余画家洪斌笔下的人物画之一。洪斌从小喜欢绘画，特别喜欢人物画。

　　一次在国外海盗博物馆，一幅著名"独眼"海盗的画像吸引了他。据说这幅一百多年前的画像，几经多位画家之手，最初一位画家按照海盗的真实面貌画了下来，遭到海盗的不满。另一位画家接受前者的教训，把海盗的独眼隐去，变成了一双炯炯有神的大眼，这不符合海盗的真实面貌，也遭到海盗的拒绝。最终一位画家总结以上画像的症结，将一只单筒望远镜放在独眼，既真实又贴切。受到海盗的认可和褒奖。

从此，洪斌在绘画上有了感悟：画人物像必须了解人物的事迹和性格特点，不能凭空捏造。洪斌画的这幅人物画像的主人，是第四届中国航海日活动中，荣获"终身航海贡献奖"的中国远洋运输集团"华铜海"轮船长叶龙文。

"华铜海"轮是中远集团的骄傲，它是"中国出租船"的一面旗帜。

这个荣誉来之不易。

一次，"华铜海"轮在美国康福特港卸矿砂后，租家要求前往新奥尔良港装粮食。两港航程只有 20 多个小时，彻底清洗 6 个大货舱几乎没有可能。然而，租家按时赶到装货港时，惊异地发现，六大舱清洗的干干净净，连声称"奇迹"。在"奇迹"的背后是叶龙文船长率领船员努力十几个小时的结果。

"华铜海"轮经常前往美国新奥尔良港，在逆行密西西比河时，为给租方节省油费，船上特意改烧重油，为租方节省了大量费用。

租方感慨地说："有叶船长在，我们一百个放心！"

究竟叶龙文船长如何树起这面让人们"眼红"的旗帜的，这是洪斌最想知道的。

绘画中国著名船长的肖像，是洪斌向往以久的愿望。

经过几年的努力探索绘就了：新中国首艘起义货船"海辽"号船长方枕流，"永不离开大海"的船长贝汉廷，第一位海员烈士船长张丕烈，中国首艘远洋船"光华"轮船长陈宏泽，长江第一位女总船长王嘉玲……个个形象逼真栩栩如生，受到广大海员的称赞和喜爱。

为了画好叶龙文船长的肖像，洪斌查阅了许多资料，走访了与叶船长共同生活和工作的船员，受到极大的鼓舞和收获。

资料介绍说，叶龙文在担任船长期间，先后在"光华"轮、"建华"轮、"华铜海"轮等十几艘船上工作过。航迹五洲四海，航程 35 万多海里（1 海里＝1852 米），相当于绕地球 16 圈。其中在"华铜海"轮竟达 17 年之久。

十七年来，叶龙文船长使一艘默默无闻的"华铜海"成为航海界的一面旗帜，靠的是什么？

人们在热播的电视剧《亮剑》里找到了答案：电视剧主角李云龙在军事学院的答辩会上，斩钉截铁地说，"军魂"是什么，传统是什么，任何一支部队都有自已的传统。传统是一种性格，一种气质，这种性格和气质是由这支部队的首长的性格和气质决定的。他给这支部队注入了灵魂，从此，不管岁月流逝，人员更迭，部队的灵魂永在——这就是我们的"军魂"。

给"华铜海"轮注入灵魂的人，就是叶龙文船长。

叶龙文船长在"华铜海"轮的漫漫航程中，营运率高达 98%。为国家创收了 2988 万元美金，节约修船费 850

万元港币。节约修船时间 135 天……"只要对国家对公司有利，能省钱，咱们就干到底！"

这是叶龙文船长的"性格"和"气质"。

一次，"华铜海"轮由日本装水泥去香港。卸货时，散落的水泥将污水孔堵塞了，叶龙文船长不顾天寒地冻和污水的脏臭，多次钻进污水管道中掏洗污水孔。当地港口检查官来现场查看时，意外惊异地发现，满头汗水，满身油污的，与其他船员一起干活的竟是大名鼎鼎的"华铜海"轮船长，连连摇头："不可思议！"

有一年叶船长公休归来，怕船员在船上吃不到新鲜蔬菜，亲自下厨做豆腐，还特意从家乡背来一台磨盘。背磨盘上船那天，在舷梯口值班是位新来的水手，发现一个背着磨盘的陌生人要登船，正要上前阻拦，被值班驾驶员发现了，笑着连声说，"这是我们'华铜海'轮的老船长！"值班水手不好意思的说，"真没想到，真没想到！"

看到这里，洪斌来了灵感：这是多么感人的画面，一位高大魁悟的中年汉子，肩背一块园园的石磨，迈着娇健的步伐踏上舷梯。

这正是闻名而平凡的叶龙文船长的真实写照！很快，这幅名为"背磨盘上船的人"肖像画顺利完成。

但是，这幅"背磨盘上船的人"的肖像画，在得到人们普遍赞誉和肯定的同时，也有置疑声：年逾花甲的叶龙文因常年患有胃病，身体瘦小与高大魁悟有很大反差。

原来，洪斌从未见过叶龙文船长，连照片也没有看到过。

终于，2008年7月，第四届中国航海日大会上，洪斌如愿以偿见到了叶龙文船长。

当叶龙文船长上台接受"航海终身贡献奖"时，洪斌发现这位大名鼎鼎爱船员如子的航海家与他想象中的形象果然有天壤之别，他真的惊呆了！瘦弱矮小，他真的是背磨盘上船的人吗？

原来，常年的海上奔波，叶龙文船长患上了严重的胃溃疡，胃经常出血。后来胃被切除三分之二。但是仍然坚持不离开大海，不离开他的"华铜海"轮，不离开相濡以沫的船员……

归来后，洪斌的心情一直无法平静，这位使他敬仰的航海家虽然没有想象中高大魁悟的身材，他的个人魅力却折服了所有的人！

关于这幅《背磨盘上船的人》的肖像，他决定保持原来的构思和形象。"艺术高于生活嘛！"叶龙文船长在人们心目中永远高大魁悟！

洪斌的决定得到大家一致的赞同。

这幅《背磨盘上船的人》与它背后的故事感动了许许多多热爱航海的人！

# 圣诞晚餐的"怪物"

圣诞节前夜，"海豹"号来到美国的南安普敦港。

"海豹"号是艘混搭的远洋货轮，船员来自世界各地。

中国水手童欣第一次在国外过圣诞节。

大厨凯恩早就准备了圣诞节的美食。餐桌上摆满了烤火鸡、生拌三文鱼、红肠、树根蛋糕、姜饼条、三色塔沙拉等美食。

最后，大厨凯恩端上一道名叫"怪物"的甜点，食材是一堆土豆。"哥伦布土豆是欧洲人的救命恩人。"大厨神秘地说。

童欣边吃边思索："'怪物'与'救命恩人'驴唇不对马嘴，还跟哥伦布连在一起，这里面一定有文章！"

童欣知道船长霍姆斯来自哥伦布的家乡——意大利的热那亚，是位忠实的哥伦布迷。

还在航海学校读书的时候，哥伦布发现美洲大陆的英雄壮举就令童欣赞叹不已。他知道意大利的热那亚是航海家的摇篮，出了众多知名航海家。

哥伦布出身在热那亚一个守门人的家庭。一次偶然的机会，哥伦布来到叔叔看守的"灯笼塔"玩耍。

"灯笼塔"是意大利热那亚的标志，也是世界上最古老的灯塔之一。在塔顶望看海面进进出出的航船，哥伦布再也控制不住自己，高声叫道："我要做一名海员。驰骋在大海上的'海神'啊，我什么时候才能登上你的甲板？"

终于，在哥伦布 10 岁的时候，登上了他向往已久的"海神"。经过四年多的海上磨炼，14 岁的哥伦布正式成为一名地地道道的海员，也是至今世界上最年轻的海员。

但是，"怪物"甜点与哥伦布有什么关系，为什么叫作"哥伦布土豆"，而且还是"欧洲人的救命恩人"？

晚餐后，童欣去找大厨凯思。醉眼腥松的大厨只冒出一句话："这道甜点是船长亲自点的。"

忙着装卸货、加油、保养后，直到"海豹"号驶离港口，童欣才敲开了船长的房门。

船长霍姆斯十分喜欢好学多问的童欣，讲起了"哥伦布土豆"的故事。

15 世纪末，哥伦布率领一支庞大的船队，经历了千辛万苦，终于登上了美洲大陆，以为来到了传说中遍地黄金、盛产香料的富庶的东方。但是，这里既没有黄金也没有香料，船员们却发现在这贫瘠的土地上长着一种看上去稀奇古怪的食材——土豆。

哥伦布在航海日记里，记下了这种闻所未闻的"怪物"：把一堆球根栽种后，它们会长出生杈的茎，开出紫色的花。这些植物的根在地下，连着一群鸡蛋大小的东西。把鸡蛋大小的东西煮熟后，色味俱佳，是船员的佳肴……。

哥伦布将这种"怪物"带回了欧洲。

有信仰的欧洲人见到土豆犯了难：《圣经》里没有关于土豆这种"怪物"的记载。当时有人说土豆是一种靠不住的作物，认为它的根子、块茎形状怪异，藏着"凶神恶煞"，吃了它，人们会得病。就这样在欧洲土豆长期被拒绝食用。

但是，土豆适应性很强，在任何土地里都能茁壮生长，而且只需4个月的时间就能成熟。在欧洲小麦歉收的年份，土豆的收成却十分好，直到饥荒和战争在欧洲蔓延，"怪物"土豆的命运才有了转机。

一位来自法国名叫安东尼·帕门提尔的人，原是军队中的药剂师，在战争中被普鲁士俘虏。在这之前，周围饥荒，很多普鲁士人开始食用土豆。在牢里，土豆成了安东尼·帕门提尔唯一的食物。

恰巧，法国遭遇的灾荒，粮食连连歉收。回到法国的帕门提尔在法国国王路易十六的生日宴会上，献上了紫色的土豆花，并说服国王和王后接受了"怪物"，王后还把紫色的土豆花戴在发髻上做装饰。

"怪物"被堂而皇之地摆在了宫廷的筵席上。不久，国王和王后又赐给帕门提尔一块土地，专门种植"怪物"土豆。

"怪物"土豆使饥荒和战争年代的欧洲找到了救命的食材。

从此，"怪物"找到了大显身手的机会。欧洲各国先后广泛种植这种高产的粮食，并将其逐渐传到了东方。"每到圣诞节"之夜，欧洲人总忘不了做上一道"怪物"甜点——土豆。船长霍姆斯说："这是对土豆的感激，也是对哥伦布发现美洲大陆的纪念。"

船长霍姆斯，拿出一张珍藏已久的照片。这是在哥伦布家乡纪念馆拍的照片；一帧高悬的镜框里，并排着四枚徽章：第一枚和第二枚是卡斯蒂利亚和莱昂王室的徽章——城堡和狮子，第三枚是海浪拍击的金色岛屿，第四枚是五个铁锚加上金色原野。

最后，船长自豪地说："这是哥伦布生前得到的最高奖赏，至今悬挂在热那亚哥伦布纪念馆里。'哥伦布土豆'是海员的光荣，它记载着人类航海的光辉历史！"

# 中国第一位远洋船长

"号外，号外！"

上海外滩的报童扯着嗓子高喊："最新消息，遭遇台风的'新铭'轮已安全抵达黄浦江！"

人们纷纷涌向十里洋场的外滩。

一艘挂满彩旗的巨轮缓缓朝外滩驶来。

一位身着笔挺船长制服、年过半百的老人手持望远镜，站在驾驶台上，目视前方，不时向两岸的人群挥手致意。

这位老人就是《"新铭"轮遇险记》的主角。许多人不知晓他的大名，都知道他是十里洋场上的著名船长——"海上骏马"。

这个故事发生在 1935 年的秋天。

秋季是中国东海和黄海台风多发季节。

招商局所属的客货轮"新铭"轮，由威海驶向上海，途中遭遇了强台风。

那个年代，气象预报还很落后，远没有现代完善，海上遭遇台风，只能听天由命。

狂风恶浪包围着"新铭"轮。"新铭"轮在拼命地挣扎着；排山倒海的巨浪压向船舷甲板，发出阵阵撕心裂肺的怪叫声。

"新铭"轮剧烈地颠簸晃摆着。

当船舱的旅客知晓驾驶这条巨轮的是"海上骏马"时，惊叫声和呼救声顿时平静下来。

船舱里显得异常寂静，只有巨浪拍打船舷的"啪啪"声。

早在多年前"海上骏马"担任"新昌"轮船长时，就显示了骏马般的威风和驾驭大海的非凡能力。

一天，"新昌"轮满载货物和旅客从广东汕头港起航南下。船驶到东海鱼山列岛附近海域，遭到了罕见狂风暴雨的袭击。暴雨狂风排山倒海压向"新昌"轮，"新昌"轮像片枯叶在大海里颠簸漂泊。

"海上骏马"镇静地坚守在驾驶台。

突然，一声震耳的巨响。意外发生了；船舶动力的传递系统——地轴在狂风大浪中断裂了，飞转的螺旋桨掉进了大海。

这是航海史上罕见的海难事故，巨轮顿时失去了动力。

"新昌"轮宛如一叶孤舟在惊涛骇浪中任由摆布……。

　　随着夜幕的降临，失去控制的"新昌"轮被风吹到了台湾基隆海面，如果再向南漂移，就会撞向一座大山……"新昌"轮面临着船毁人亡的厄运。

　　船上一片嘈杂混乱，有的嚎啕大哭，有的磕头祈祷，有的准备弃船逃生……。

　　此刻，"海上骏马"深感全船的生命财产都压在自己身上，万不能惊慌蛮干。他当机立断，命令所有船员坚守岗位，鼓励旅客耐心等待救援船只。他沉着指挥，用唯一的船舵控制着船的方向。

　　人们望着驾驶台上的"海上骏马"情绪镇静自若、操作井然有序，悬着的心终于放下来了。

　　经过七天七夜的拼命拼搏，终于盼来了救援船。就在救援船抵达的时刻，"海上骏马"由于劳累过度昏倒在驾驶台上。

　　"海上骏马"被紧急送往医院，因胆囊炎发作做了手术。"海上骏马"用顽强的意志抢救了难船，一时美名享誉大江南北；"海上骏马"是轮船的守护神！

　　此次，"新铭"轮遭遇的强台风，情况不亚于当年的"新昌"轮。

　　肆虐的风暴把"新铭"轮从台风的边缘逐渐推向了台风圈内，甲板上的设备和货物几乎都被风浪卷进了大海……。

　　拖锚航行的"新铭"轮，手腕粗的锚练突然崩断了，接着，对外通讯用的唯一电报天线也被狂风"席卷而去"。

"新铭"轮不仅失去了抗风能力，与外界的联系也中断了。

"海上骏马"没有退缩，用坚忍不拔的毅力和高超的驾驶技术，与台风搏斗了整整30多个小时。

"新铭"轮终于驶出了危险海域。

旅客们含着热泪涌进船长室，哽咽地说不出一句话，只是频频点头表示谢意。

《"新铭"轮遇险记》立刻在国内外报界广为宣传，并编入了当年的中小学教科书，轰动了航海界。

这时，人们才知道，这位被誉为"海上骏马"的船长是中国有史以来第一位远洋船长，名叫马家骏，海员们喜欢叫他"海上骏马"。

马家骏出生于上海青浦县观音堂一个贫苦的农民家庭，祖辈都是老实巴交的农民。

马家骏从小养成了吃苦耐劳倔强的性格。1912年，他以优异的成绩考取了吴淞商船学校的航海科。马家骏刻苦攻读的精神，深受校长萨镇冰的青睐和赏识。1917年他被招进上海英商太古轮船公司，担任"武汉"轮代理二副。

1937年3月，招商局开辟了厦门至菲律宾马尼拉的远洋航线。"海亨"轮受命处女航，船长就是马家骏，也是中国航海史上第一位行驶在国际航线上的船长。

新中国成立后，由于年龄原因，马家骏走进了办公室。常年在海上奔波的"海上骏马"在机关里实在坐不住，经常去基层调研解决问题，直到 70 多岁高领还驾船多次往来秦皇岛—宁波等地。

　　党和政府给"海上骏马"很高的荣誉，他历任上海市政协委员，是一位劳动模范……。

　　每当人们提起中国航海界的前辈时，人们总不会忘记中国第一位远洋船长"海上骏马"马家骏。

# 敲不开的舱门

　　"找到啦！"一天夜里，秦海暄突然从睡梦中惊醒："终于找到答案了。"

　　秦海暄妻子不禁被吵醒："深更半夜大惊小怪的，找到了啥？"

　　秦海暄笑着对妻子悄声耳语几句，径直走到书桌前，慢条斯理的写下几个字："敲不开的舱门"。

　　秦海暄是家省级航海学会的一名宣传干部。多年来，笔耕不辍，写下许多脍炙人口的航海人的故事：著名船长贝汉廷的"大洋里最后一吻"；在日本拾到巨额黄金的船长任文良的"黄金船长的来历";首位长江女总船长王嘉玲的"女娃儿船长传奇";新中国第一位起义船长方枕流的"五分钱纸币的背后";开辟北极新航线的船长张玉田的"当代的冰山里的勇士"等。

秦海暄是位编写故事的高手。经他撰写的航海人的故事,在真实的基础上,抓住人物和事件引人注目的细节展开,通过丰富多彩的文学手法,使故事既生动又感人,在航海圈内小有名气。

有一次在撰写著名船长贝汉廷时,一张贝汉廷因病最后离开船时的照片,吸引了秦海暄的目光,在贝汉廷登上急救直升机的瞬间,双手紧紧抓住身边的桅索,将面颊附在上面不肯离去。为此,秦海暄写下了《大洋里最后一吻》的故事。生动感人的体现了贝汉廷生前"永不离开大海"的誓言。

更让人惊奇的是,在一次采访中远集团"清河城"轮时,船上人们讲述的火柴盒和一支手电筒的故事,引发了秦海暄的暇想,写出了表现"清河城"轮船长鲍浩贤工作认真,技术精益求精的故事,受到大伙儿的好评。

不久前,在一次航运系统"廉洁从业,奉献远洋"的座谈会上,中国远洋运输集团"廉政从业标兵"肖家驰船长的事迹打动了秦海暄。

秦海暄当年也曾是远洋船上的一名水手。

远洋船员是接触外部世界最多的"幸运儿"。外部的新鲜事物和丰富的商品,给船员注入了新的活力,同时也给船员带来新的考验：国内外"倒卖和走私"不正之风吹进了船舱。

秦海暄记得在改革开放初期，他在大连至日本的班轮上做水手时，一些小商小贩频频上船，敲开船员的舱门，鼓动船员倒卖日本的摩托车和自行车。一次船刚靠上码头，一个小贩怀惴一叠厚厚的钞票，敲开了他的舱门。想请他顺便从日本带一批旧摩托车和电冰箱，承诺回报丰厚。秦海暄当面回绝了对方。但是，也有些船员经不住诱惑，陷入了"倒卖"日本旧货的行列，造成了不好的影响。为此，他为防止倒卖分子进入舱门，特意在门上写下：未经允许，请勿入内。然而倒卖分子通过各种关系还是敲开了舱门。

航海界出现了一阵不大不小"倒卖"外国货的不正之风。

秦海暄对这段经历记忆犹新。所以，参加完表彰会后，准备写一篇介绍肖家驰船长廉政从业的故事。

功夫不负有心人，秦海暄得到许多有关肖船长的资料，特别在制止走私倒卖外国货的行为令人佩服。

1998 年 3 月，"永定河"轮正跑营口—日本—青岛航线。一次，船靠青岛不久，一名小贩拎着一皮包现金，敲开了肖家驰船长的舱门："船长先生，我想请你在日本顺便带一批旧摩托车，每辆给你 1000 元劳务费。"

肖船长还未等对方把话说完，把桌子"叭"声一拍，严辞断然拒绝："这是集体走私，国法不容！船舶绝对不能参与",说完"啪"一声关上了舱门。

小贩不死心,又找来几个船员来说情。肖船长一改平时的笑容,义正严辞的回答说"船舶走私不仅破坏了船上的正常生活秩序,影响了安全生产,还违犯了国家的法律。这种违法的事情决不容许在船上发生!"

小贩只得灰溜溜走出舱门。

这件事在肖船长脑海里产生了强烈的震撼:如何加强船上领导班子党风廉政建设,教育船员遵纪守法,做为一船之长责任重大。

因此,肖船长与政委一班领导,根据船员容易出问题的环节,制订了"三不准":不准损害国家赚国耻钱,不准损害公司利益赚昧心钱,不准侵占船员便宜赚黑心钱!

肖船长提出的"三不准"掷地有声,"永定河"轮船员心灵上受到强烈的震撼!

从此,肖船长的舱门再没有倒卖者的敲门声。

"欲影正者,端其表。欲下廉者,先光身。打铁还得自身硬!"这是肖船长的座右铭。

1999年元月,肖家驰在"滹沱河"轮做船长。这是一艘来往于黄埔—厦门—日本航线的定期班轮。

那时,日本产的峰牌香烟和 XO 酒在中国十分热销,利润可观。

一天,几名小贩冒充码头工人来到肖船长房间,笑眯眯地说:"船长,你愿意为我们在日本购买烟酒,赚的钱咱们对半分！"

平时和和气气的肖船长勃然大怒，"啪"地拍案而起，严正地痛斥道："休想在'滹沱河'轮上做违法的事情！"

肖船长的舱门前再没有小商小贩的身影。

春节时，人们在肖家驰船长的舱门上贴了副对联：

上联：树船风一丝不苟。下联：立"三规"上下共同。横批：风正气盛。

这副醒目的对联充分反映了："滹沱河"轮船员的心声，在航海界广为流传。

"风正气盛"是肖家驰船长的真实写照。

近日，秦海暄读了一部历史资料，说战国时代，有个叫孟尝君的"官二代"，其父是齐国的君主齐宣王的胞弟田婴。利用这层关系，孟尝君客络绎不绝，送礼的献宝的踏破门槛。开始孟尝君闭门谢客，"朱门"难开。后来架不住金钱和利益的诱惑，"朱门"渐渐洞开。至此，齐国家风国规日渐腐败，齐国从此衰亡。

这个故事给了秦海暄很大启发：握有实权的一船之长，所在船能够风清气正，全船拧成一股绳，成为航运界的楷模和榜样，正因为肖家驰船长的"舱门"敲不开……

肖家驰船长1976年毕业于厦门集美航海学校（今集美大学航海学院），毕业后，从水手做起，风风雨雨在海上坚持工作了一万多个小时。这是多么漫长的时光！他的足迹遍及世界各地，他的优良品格长久地留在他工作和生活的航船上。

肖家驰船长的事迹深深打动了秦海暄，选一个什么样的故事标题，显得既生动又贴切故事主题，一直困扰着秦海暄。

秦海暄睡在床上苦思冥想辗转难眠，忽然想起不久前看的那份战国时期的历史资料。"敲不开的舱门"不是最好的标题吗！

由此，就出现了故事开始那个睡梦中惊醒的真实场面。

《敲不开的舱门》受到人们的好评和点赞。

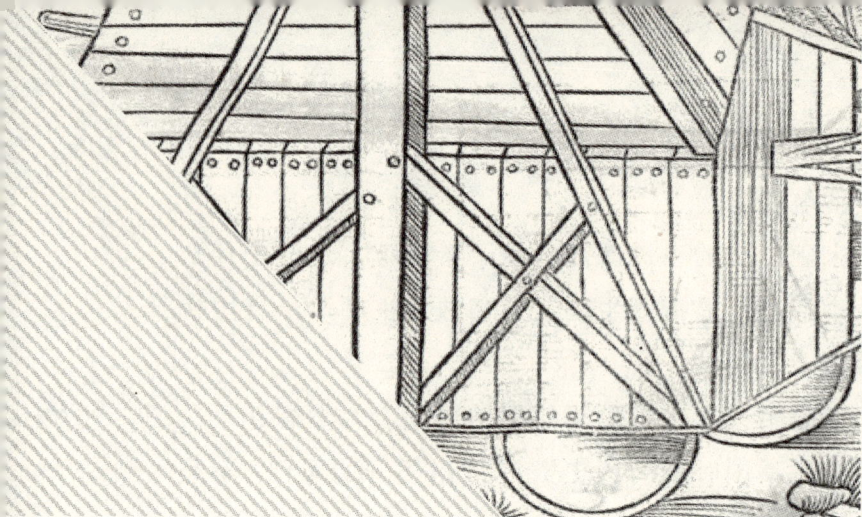

# 冰山里的船长

　　"星星索"号正在南极附近的德雷克海峡航行。

　　这天，正值水手程欣登轮一周年纪念日。

　　程欣毕业于国内一所知名的航海学校，平时喜欢搜集海上的奇闻异事，特别对航海史情有独钟。

　　程欣抽值班休息间隙，将几十篇远洋日记整理了一番。

　　同舱室的水手查理是位新来的英国小伙，见程欣一板一眼认真的样子，便说："100多年前，这个海域发生了一件奇异的海难事件。这起海难事件可谓航海史上最神奇也最有影响的海难之一。他的主人是位大名鼎鼎的英国人！"说到这里，查理显得有些自豪，问"你想不想听？"

原来，查理也是位搜集海上奇闻逸事的高手。

程欣连忙放下手中的日记，凑到查理床铺前。

查理拿出一个厚厚的记事本，翻了几页，忽然"冰山里的船长"几个字跳入程欣眼帘。

这时，"星星索"号大副突然闯了进来，说："前方将进入冰山区，马上到船头瞭望。"

程欣和查理随大副赶到了船头。

在船头值"瞭望哨"是海员的基本功，俗话称"瞭头"。轮船行驶在特殊海域如雾区、捕鱼区、冰山区……"瞭头"是不可缺少的。

程欣和查理穿着厚厚的防寒服站在船头，目不转睛地盯着四周的海面。

"星星索"号像只灵活的大鱼，在流冰和海浪间穿来穿去。

程欣和查理不时用对讲机将海面情况报告给驾驶台；"左舵，1000米处发现漂浮的冰山，请注意！""右前方好像有一个黑影向我船漂来！"

谢天谢地，"星星索"号终于顺利通过了冰山区。

晚饭时，查理给程欣讲起了冰山里船长的故事。

一年深秋，一艘装备先进的捕鲸船"希望"号在船长布兰顿的指挥下，在德雷克海域附近进行捕捞作业。此刻，一座巨大的冰山隐藏在茫茫的雾气中，"希望"号上的船员不知危险正悄悄地向他们逼近。

当时，雷达还未普及，雾中航行是航海的大患。

忽然，站在驾驶台上的船长布兰顿发现船头有些异常；一座硕大的黑影霍然来到眼前——冰山！布兰顿手疾眼快，立马来了个"左满舵"。就在"希望"号与冰山擦肩而过的瞬间，冰山"咔嚓"一声陡然裂成两半。随着漫天飞舞的浪花和冰块，里面竟然显现出一艘保存完好的"怪船"。

"怪船"显然被冰冻已久；虽说风帆已经破损，船身也破烂不堪，但整个船体的轮廓仍然清晰可辨——一艘古老的三桅帆船。

"希望"号船员登上这艘"怪船"，人们不禁大吃一惊：船长室保存完好，已经死去的船长手握着笔，直挺挺地坐在高背椅上，冰冻的尸体完整无损，活生生一具人体"雕像"，那神态好像船长还在认真写航海日志。

人们惊呆了："这简直是航海史上的奇迹！"

"希望"号船员从"怪船"船长的航海日记里得知：这艘"怪船"正是 50 多年前在南极海域失踪的英国籍"杰尼"号帆船。

原来，"杰尼"号开往秘鲁利马的途中，遭遇了流冰被困，开始了漫长的毫无意义的"死亡漂流"。

在航海日志的最后一页上，"杰尼"号船长写道："我们已经挣扎了 35 天，粮食和淡水已断，我是最后一个生存者，也是这艘船的船长。我们遭遇的一切都记在航海日志上，希望后来者再不要重蹈覆辙，接受我们的教训……"

这时，大副走了过来，见程欣神情有些紧张，笑着说："那是过去的事情，现在航海条件好了，设备也完善了，船航行在冰山出没的海域一般不会出问题。"

"杰尼"号为什么会被冻在冰山里？程欣望着查理不禁提出了疑问。

"后来，经过专家考证，'杰尼'号在此海域遇上风暴，巨浪和流冰将'杰尼'号团团困住，加上极寒的天气，瞬间将'杰尼'号冰封在中间，形成了一座奇特的冰山。冰山像个巨大的天然'冰箱'，将船和船长完整保持了整整 37 年。"查理说着走向甲板，望看眼前飘过的流冰，深情地说："'杰尼'号船长是世界上最伟大的船长之一。后来，他成了许多难船船长效仿的对象；写完最后一刻的航海日志，再撤离难船……"

"冰山里的船长"的故事，使程欣深受教育和感动。

远航归来后，程欣搜集和整理许多航海家的生平和资料时得出一个惊人的结论："为航海而生，为航海而死"的航海家，在生命的最后一刻都没有离开大海：明朝的"三保太监"、忠实的伊斯兰教徒郑和，"无心插柳柳成荫"的"好望角"的发现者迪亚士，虔诚的基督教徒哥伦布，出身贵族、证明"地圆说"的麦哲伦，"毁誉参半"的英国终身船长詹姆斯·库克，新中国培养的第一代船长贝汉廷……都没有例外。

程欣在自己的航海日志里郑重地写道："热爱航海的人们要永远记住这些富有探险和牺牲精神的航海家，我们要向他们学习，向他们致敬！"

# 追寻麦哲伦的人

300 多年前。

一艘豪华的邮轮"环球探险"号正行驶在浩瀚的太平洋上。

一位衣着不凡的绅士，时而在邮轮的大厅里徘徊时而在邮轮的甲板上漫步。他一会儿仰望着蔚蓝色的天空，一会儿遥看无垠的大海……没有太多言语，只是不断地发出啧啧的赞叹声。

"简直不可思议，不可想象！"

这位"怪异"的人被请到船长室。船长得知这位"怪异"旅客的身份和远航的意图后，紧紧握住他的手，连声说道："您是我们航海者最忠诚的朋友，您的愿望也是我们航海者的期盼。"

这位"怪异"旅客的讲述打动了邮轮船长："环球旅行的目的，就是为了实现这个梦想。这真是太感人啦！"

　　提起这一次不寻常的环球航行，"怪异"旅客直言不讳："我要写一本《麦哲伦航海纪》，为此我变卖了房屋和家产，倾其所有。因为来自一种不寻常的心情，而且挥之不去，那就是惭愧。"

　　对于一位非航海者怀有"惭愧"的心情去写一本书，一本关于航海者的书，使人十分不理解和意外。

　　"怪异"旅客把搜集整理麦哲伦环球航行的资料时遇到的问题和感受讲给邮轮船长听时，一切疑问都"云消雾散"。一位历经千难万苦证明地球是圆的，从此改变了世界的伟大航海家，他的真实资料和事迹鲜为人知，甚至被人误解，难道不感到"惭愧"吗？

　　接着，这位"怪异"的旅客讲述了他搜集整理撰写《麦哲伦航海纪》的经历。

　　经历是从寻踪麦哲伦被杀死在菲律马克坦岛开始的。

　　1519 年 8 月 10 日，麦哲伦率领五个装备完善的船只，在旗舰"特尼达"号的引导下，离开了西班牙塞维利亚港开始了远航。

　　船队先后到达了巴西的里约热内卢，同年 12 月 25 日圣诞节当天，在暴风骤雨中绕过了乌拉圭，驶向了南美的圣马提阿斯湾。经过休整后，他们经过了浩瀚的太平洋。

　　麦哲伦船队在太平洋连续航行了 3 个月又 20 天，航

追寻麦哲伦的人

程达 17000 多千米。在饥饿、风暴、病魔多重威胁下，他们写就了世界航海史上最骇人听闻的苦难经历：在一无海图、二无测量数据的情况下，他们先后沿着智利的海岸向北航行，然后离岸向西驶去。

船队在漫无边际的大洋里漂流着。

1521 年的春天悄然来临，疲惫不堪的船员望着茫茫大海，希望看到渴望已久的陆地，但是，眼前仍然是一望无际的海水。

船队在浩渺无边的大海中沉浮，饥饿成了生命的最大威胁。

当时的航海日志记载：

"……开始吃的是面包干，以后连面包干也吃不到了，我们只能吃着带小虫子的面包碎屑。这种食物散发着像老鼠屎一样的臭气。我们喝的是已经发酵多天的黄浊的浑水，还吃了覆盖在横木上的牛皮……我们把牛皮浸泡在海水里，经过几天时间，然后放在大火中烤透食用。我们还常以木头的锯末充饥……"

在这极端饥饿的状态下，许多船员得了坏血病，牙龈肿胀，牙齿脱落，骨节无力，难以站立，许多船员先后惨死在船上。

面临饥饿和死亡的威胁，麦哲伦以顽强的毅力挺了过去，终于率领船队抵达了太平洋的关岛。

在关岛补充了粮食和淡水，麦哲伦继续向西航行。不久，他们到达了菲律宾的宿务岛。

不幸的是，麦哲伦卷入了宿务岛与附近马坦岛土著之间的纷争械斗中。一贯效忠西班牙国王的麦哲伦在说服宿务岛首领归顺西班牙后，又去做马克坦岛首领的工作。谁知，马克坦岛首领与宿务岛是"生死对头"。

这天清晨，麦哲伦率领众人乘小艇来到马克坦岛，却遭到岛上土著密集箭和竹矛的袭击。双方发生了激战。麦哲伦右脚中了毒箭，接着麦哲伦胳膊和脸都被矛刺伤，又被宽刀砍中了右脚，倒地后又遭矛刺刀砍。最后，他倒在血泊中，再没有爬起来……

这一年，麦哲伦41岁。

失去麦哲伦的船队几乎失去了方向和主宰，盲人瞎马地在群岛中摸索航行。幸亏得到一名向导的帮助，经过很长时间抵达马鲁古群岛。经过整休，他们又购买了大量香料，在新选出的船队指挥德尔·卡诺带领下，乘着仅有的"维多利亚"号，在1522年7月中旬绕过非洲的好望角到达佛得角群岛。

1522年9月6日，"维多利亚"号驶进了塞维利亚港。

从1519年8月10日麦哲伦率领五艘船只离开塞维利亚港，到1522年9月6日返回塞维利亚港，耗时3年又31天，整整绕地球一周。360名船员，只有18名幸存者回到了家乡。

为了表彰这一次远航的贡献，西班牙国王卡洛斯一世授予德尔·卡诺船长一枚盾形纹章、一个地球仪和一个铭牌，上面写着"你是绕地球航行的第一人"。

"麦哲伦被杀死在菲律宾的马克坦岛，使他失去了返回塞维利亚的机会。但是，应该使人们知道：享誉"环球第一人"的应该是环球航行的组织者和指挥者麦哲伦，尽管他中途葬身在异国他乡。"

"怪异"旅客十分激动地说："所以我要写一本书，把这个历史真相告诉全世界的人们。"

介绍搜集麦哲伦资料和说这番话的"怪异"旅客，不是别人，正是著名的奥地利作家、《麦哲伦航海纪》的作者斯蒂芬·茨威格。为实现这一愿望，茨威格倾其所用，沿着麦哲伦的航迹环地球一周。

经过茨威格的不懈努力，一本真实生动的《麦哲伦航海纪》终于问世了。

《麦哲伦航海纪》的问世，恢复了历史本来的面目，也让麦哲伦在世界航海史留下了不可磨灭的地位。

"我们在赞美麦哲伦的时候，""环球探险"号船长紧握着茨威格的手感动地说："我们也不会忘记您，伟大的茨威格先生！"

# 生死经纬度

海图上的经纬度交叉记录着航海者的"足迹",也记录着鲜为人知的故事。

北纬 30°线上,有个著名的"马纬度"。据说,哥伦布发现美洲大陆后,欧洲将大批马匹从海陆运到美洲都要经过这里。

这里却是个无风带,帆船长时间在此等候"神风"的到来,大量马匹因缺粮少水而死亡,人们俗称"马纬度",航海者视为"死亡之旅"。

在北纬 32°线上还有个神秘的"魔鬼三角",许多航船和飞机在此突然"销声匿迹",人们称为"恐怖的经度",是航海者谈海色变的地带。

在中国航海史上亦有一个使人无法忘记的经纬度:

北纬 32°，东经 24°。它位于中国黄海的北部海域。

在这里，留下了中国第一位烈士船长最后的日日夜夜，它是航海者永远不会忘记的海域。

1968 年深秋的一个清晨。

一般大型的航海实习船"东方"号行驶在黄海北部海域。

海图室里，交接班的值驾人正在核准船位。忽然，一位头发花白的实习老师闯了进来，径直走到海图桌前，用铅笔在海图上画了个"×"，然后对实习的学生说：

"18 年前，在这里发生了一件惊动航海界的事，主角是我国第一位海员烈士，他的名字叫张丕烈。"

接着实习老师讲了解放前一个感人至深的故事。

1950 年 3 月 14 日，天刚朦朦亮。

香港招商局所属的"海辰"轮卸完货悄然离开日本广岛的美港。按照招商局马调度的命令，"海辰"轮将开往台湾高雄港装货。

"海辰"轮船长张丕烈站在驾驶台上，望着广袤无垠的大海，思绪万千。

1948 年末，张丕烈调任"海辰"轮船长。此时大陆的辽沈、平津和淮海三大战役相继结束，中国的大势已无悬念。

不久，张丕烈驾驶的"海辰"轮被迫撤离上海。临别前，张丕烈望着妻子和刚上中学的女儿恋恋不舍，对女儿说："你和妈妈要好好照顾自己，我会很快回来的。"

上海解放前夕，"海辰"轮驶向日本。在茫茫的大海里，张丕烈用颤抖的手，给女儿写了一封信。

"月如女儿，现在招商局搬，'海辰'轮家属迁往台湾，关照你母，决不能同意……我想不久我就会回到上海……"

离开上海不久，张丕烈船长通过广播听到招商局副总经理黄幕家的讲话，号召海外招商局的海员远离国民党，驾船开往解放区。

归心似箭的张丕烈再也控制不住自己的感情，在日记写下了"誓死回归"的铮铮誓言。

就在此时，"海辰"轮与"海辽"轮在香港相遇了。

"海辽"轮船长方沈流接受中共地下党组织的指示，准备组织"海辽"轮起义。

方沈流船长举着酒杯站在张丕烈面前说："我们要找机会回到上海，为新中国做贡献！"

平时滴酒不沾的张丕烈举杯一干而尽，答道："浦江见！"

"海辽"轮起义引起台湾当局的极大惊恐，为防止更多招商局船舶效仿，除控制船员动态外，还派军舰游弋在大陆沿海。

一场回归大陆的义举正在"海辰"轮上悄悄启动。

此刻，夜幕刚刚降临，月光皎洁，浩瀚的黄海海面异常平静。

张丕烈船长用望远镜四周扫视一番后，慎重地在海图上标了船位，果断地将"海辰"轮转向西北，直奔青岛解放区。

在这生死攸关的时刻，船尾突然闪出一条黑影，迅速地朝着"海辰"轮驶来。

黑影渐渐逼近，原来是艘国民党海军游弋的军舰。军舰打来询问灯号，询问"海辰"轮的船名和动向。军舰紧追不舍，不时发出威胁的信号和笛声。

此时，张丕烈船长非常焦急，他最担心的事情终于发生了。出路只有两条：继续高速朝青岛方向驶去，不惧军舰的威胁和恐吓；另外，是调转船头朝高雄港方向。继续朝青岛方向的结果必定是"鱼死网破"，"海辰"轮和船上60多名兄弟生命安全将受到严重威胁。"留得青山在，不怕没柴烧"。饱经风霜的张丕烈船长为了船舶和船上兄弟的安全，最后将轮转向了高雄港方向。

1950年3月17日，"海辰"轮驶进了高雄港。

3月23日，一个阴沉的清晨，一队全副武装的宪兵包围了"海辰"轮。

原来，"海辰"轮上的"饭老板"王荫堂有个儿子在高雄宪兵队当差，泄露了"海辰"轮的"天机"。

那年代，船上伙食都由船上的"饭老板"承包，"饭老板"王荫堂为人狡诈刻薄，常克扣船员伙食，引起船员们极大的不满。

"饭老板"与船员结下了"梁子"，积怨很深。

当王荫堂听说"海辰"轮要开往青岛"弃暗投明"，吓得他魂飞魄散，立刻通过儿子向宪兵司令告了密。

张丕烈船长和报务主任等人被戴上手铐，押解到宪兵司令部。

面对宪兵的严刑拷打，张丕烈船长宁死不屈，只字没有透露。

不久，他们被押赴台北监狱。

常站在驾驶台上的张丕烈看惯了浩瀚的大海和渺茫的星空，此刻，身居斗室的张丕烈通过小小的斗窗遥望闪烁的星空，寻找遥远的故乡。"家乡，你在哪里？"张丕烈心潮澎湃。

台北宪兵队军事法庭以"准备发动叛乱"的罪名，将张丕烈船长判为死刑。

临刑前，张丕烈掏出随身携带的"全家福"照片，轻轻抚摸着。

这张"全家福"照片随他漂洋过海，狂风巨浪使照片的颜色已经变黄了，可是妻子和女儿的笑容依然可见；照片里喧腾的外滩，繁忙的黄浦江，进进出出的轮船……何等的熟悉又何等的陌生！

这年，张丕烈船长刚刚过完 53 岁生日。53 岁是船长的黄金年龄，他的航迹踏遍了祖国的山山水水。"我要为祖国的海运做贡献！"这是张丕烈船长一生的铮铮誓言。

1951 年华东军政委员会追认张丕烈为烈士，并颁发了由毛泽东主席签发的"革命牺牲工作人员光荣纪念证"后，改为"革命烈士证书"。

张丕烈船长是新中国成立后第一位被追认为"革命烈士"的海员。

实习老师讲到这里不禁热泪盈眶，对实习生深情地说："大家要永远记住这位伟大的海员烈士——张丕烈船长！"

# 面馆里的神秘画像

"航海日"是航海界的盛会。

近几年，"航海日"一年比一年隆重热闹，吸引了众多海员和航海爱好者参加，龚珩就是其中之一。

龚珩来自海员大省浙江，是位年青的远洋海员。

不久前，远航归来正在休假，赶上"航海日"活动在浙江举行。

这届纪念活动的主题是口述航海历史。恰巧，龚珩接到所属船公司的通知："准备资料，积极参加，内容要新，最好鲜为人知。"

这天夜里，龚珩失眠了。参加这类活动是龚珩的多年梦想，但是要准备一些鲜为人知的航海历史故事就有些难度了。

龚珩是个敢闯"风浪"的爽小伙，爽快地答应了并表示："决不辜负大伙的期望，尽力而为！"

　　龚珩放弃了休假，时间做了妥善的安排，开始了就近采编寻访工作。

　　几天下来，龚珩毫无收获。一天，心急如焚的龚珩信步来到了一所刚成立的航海学校。这里有一位教师是龚珩航海大学的同窗好友程刚。

　　听完龚珩的介绍，程刚便把龚珩带到一位鬓发斑白的老教授面前，说："秦教授是航海界的'活字典'，肚里的典故多得很！"

　　秦教授望着眼前这位"求知若渴"的龚珩，一时不知从何说起。得知龚珩毕业于上海一所知名航海大学时，顺便说了句："当年江苏巡抚李鸿章创办的广方言馆是最早设航海学科的学校，地址就在上海，培养了一大批航海优秀人才。"

　　听了秦教授的话，龚珩来了精神，说："这段历史没听说过，真是太好了，请秦教授讲一下。"

　　秦教授呷口茶，讲了这段历史。

　　清同治二年（1863 年），李鸿章在上海创办了一所"广方言馆"，最初设在旧上海县署东南面，后迁至江南制造局西北侧。

　　广方言馆与当时一般注重经史义理、八股文的旧式书院不同，教学的目的是为培养精通洋务的人才。所以，广方言馆是中国第一所近代类型的文理科综合性学校。当时，该馆由著名改革家冯桂芬主持馆务。

冯桂芬是首倡"以中国之伦常名教为原本，辅以诸国富强之术"的学者，具有明显的维新倾向。

在冯桂芬亲自主持下，制定了校规章程，规定学生分上、下两班。初学者入下班，学习数理化基础课程，一年后考试合理后入上班，然后选修一门专业课，科目有航海轮机制造、水陆攻战等。它是我国最早设立航海专业课的学堂。

半个世纪，广方言馆为我国培养了许多航海人才。解放前，航海界许多著名人士都是从广方言馆毕业的。吴宗濂在《上海广方言馆始末记》中，曾发出这样的赞叹："一馆之中极勋位于首辅，展奇韬于秘府，遍使节于环球，振古以来未有若斯之盛也！"

秦教授最后说："这段航海历史，一般年轻的海员大多不知晓，望能在'航海日'时加以宣传！"

听完秦教授的讲述，已到吃午饭的时间。满心欢喜的龚珩和程刚相约来到学校附近一家面馆就餐。

这里的鱼面远近闻名。鱼面是色白质细的鳗鱼或黄鱼打制而成的面条，细软香脆，柔滑筋道，是当地的传统风味小吃，而且已经"登轮入厨"端上了海员的餐桌。

程刚是面馆的老顾客，与面馆老板十分熟悉。据说面馆老板出身于海员世家。

此时，面馆已经人满为患，大堂坐满了顾客。店主蔡老板把程刚和龚珩引进一间内室说："委屈你们了，好在是老朋友。"

内室在大厅一侧，不足十平米的小屋，屋内临时搭了一张餐桌。

这时，龚珩发现小屋正面墙上挂着一张硕大的画像，画中一位清瘦的老人，身着清朝的长袍马褂，斑白的长鬓飘逸，精神矍铄。

龚珩怔了一下神说："好像在哪见过这张画像！"

这时，蔡老板自豪地点点头说："这是我们浙江人的骄傲——中国第一位真正的海员。"这顿鲜香可口的鱼面，龚珩却没有吃出滋味。他的脑子里一直在捉摸："中国最早的海员怎么在这里？"匆匆吃过鱼面，龚珩在程刚陪同下找到了蔡老板。蔡老板有滋有味地讲述了这段鲜为人知的航海历史。

过去，一般人认为中国人登上海船工作广东比其他地区的人要早。早在清朝，广东人受英国老板雇佣，挤在印度、缅甸等一些国家的海船上打工，做的是按航次计薪的临时工。按英国海事法规，凡受雇海员须经签订契文，记入航海日志，才算正式海员。这些广东人在船上只认人数不签契文，不算正式海员。

鸦片战争签订《南京条约》后，航行在远东的英国船上开始在浙江宁波和舟山一带招收海员。这带居民多对渔帆操作经验丰富，成了雇佣海员的热门地区。而且，每个被雇海员都捺指印签订契文，记入航航日志，所以宁波和舟山籍海员是中国最早的正式海员。

对于这个结论，1946 年 3 月在上海一次各省航海座谈会上曾发生争论，特别是广东籍和浙江籍海员争论比较大。

这时，我的祖父蔡黎明在会上讲了他的亲身经历。

蔡黎明原籍舟山岱山，其祖父 14 岁上英轮做了生火工，24 岁在印度洋失踪。父亲 13 岁随祖父上船做了水手学徒，不幸壮年病故。

"蔡黎明比较幸运，家迁上海后读了几年外文，所以上船充当了洋人的职务，与船方签订了契文，在船上工作了 40 余年，是公认的中国第一个正式海员。蔡黎明的讲述，得到与会者的一致认可。"

听完蔡老板的讲述，龚珩拿出手机"啪啪"拍下了中国最早海员的画像。"今天的收获真是太大了，中国最早的海员，最早设立航海专业学科的学堂都找到了。"龚珩高兴地说。

龚珩在"航海日"的口述航海历史的讲述中，这两段鲜为人知的历史得到与会者的高度评价。

# "黄金"船长的来历

中世纪的欧洲，被称为"黄金"船长的大有人在：大牌的海盗，腰缠万贯的船王，探秘寻宝的航海者……

20 世纪 80 年代，一位被日本人称为"黄金"船长的中国人，被日本媒体炒得十分火爆。

他就是中国"友谊"号远洋船长谷峥。

事出偶然，十分蹊跷。

1984 年秋，夜幕刚刚降临，中国远洋货轮"友谊"号靠上了"歇工"的日本八幡码头。

船长谷峥忽然发现距离船舷约 30 米处有只长方形纸箱，大小与一台便携式收录机相仿。

莫非是谁遗失的物件，或者工具箱？……日本码头的管理从来井井有条，一丝不苟。

这时，人们发现距"友谊"号大约几十米处有辆白色轿车，车里坐着一位吸烟斗的老人，这在"歇工"码头十分显眼。

谷船长将老人请过来，老人看了下纸箱说："很抱歉，不是我的。"

此时，浑身晃动的报务员对准纸箱用脚一拨，纸箱纹丝未动，显然很重！

一直沉思的谷船长不慌不忙地俯下身子，小心地打开纸箱，在场的人都大吃一惊……

他们马上报警。

原来，神秘的纸箱里装满了黄澄澄的金块，总共20块，每块足有1斤重。

码头上发现黄金的消息像长了翅膀，迅速传开了，媒体记者迅速把谷船长围了个风雨不透。

顿时，"黄金"船长的绰号传遍港口内外。

最后，纸箱被搬上警车，为首的警官朝谷船长敬了个军礼说："船长先生，听说这批黄金是日本人首先发现的"。警官把"首先"二字说得格外缓慢和清晰。

"这明明是中国海员发现的，怎么半路杀出个'程咬金'？"谷船长陷入沉思。

事出波澜，绝非偶然。

日本法律明文规定：拾物在三年内无人认领，将全部归首先发现者所有；如果有人认领，拾者也将得到30%的酬谢金。

谷船长将印有中国国徽的海员证递给警官，郑重地说："我是中国'友谊'号船长，这批黄金是我们三位中国海员首先发现的。"接着，他详细地叙述了发现黄金的经过。

警官点了点头说："船长和报务员到本厅陈述。"

谷船长与船员们做了简单交代后，与报务员登上了警察的汽车。

空旷的码头突然"飞来一箱黄金"，一箱价值不菲的财富，这绝不是失窃的"遗物"。当今世界偷机倒把、贩毒走私事件十分猖獗。轰动日本的"垃圾巨款"案件，谷船长记忆犹新。

几年前，谷船长驾船来到日本不久，日本大小报纸在显著位置登载一位日本工人的照片。这位日本工人在垃圾箱内捡到 20 亿日元的巨款，一夜之间成了日本新闻人物。从此，匿名信和恐吓电话接踵而来，这位日本工人终日生活在惶惶不安中。至今，这笔巨款无人认领。

难道今天的"码头黄金"案将成为第二个"垃圾巨款"案吗？

谷船长靠在车窗旁，像在海里遇到浓雾一样默默地思考着："我是一位堂堂正正的中国船长，是这批黄金第一个发现者。那么，为什么会有人冒充'第一发现者'？冒充者又是谁呢？"

坐在谷船长旁边的报务员，稚气未脱的脸上有些疲惫，问道："那个冒充者究竟是谁？"

"会不会是电话亭里的两个日本人。"谷船长仿佛在浓雾中找到了方向。"我向警方报告前，只有这两个日本

「黄金」船长的来历

人知道纸箱内装满黄金。"他想。

汽车在警视厅楼前停下，接着又一辆车停了下来。汽车里走出一高一矮两个日本人。谷船长一眼认出，正是他在电话亭里见到的两个日本人。

警视厅负责人把谷船长和报务员迎进大厅，并详细地介绍日本的有关法律。

两个日本人被带到隔壁一间大厅里。

在两间设有录音和电视设备的房间里，谷船长和报务员分别详述了发现黄金的经过；时间、地点几乎出自同一人之口。

追梦远航

与此同时，在另外两个房间里，两个日本人的陈述驴头不对马嘴，漏洞百出。

原来，谷船长在电话亭里向警方报警时身边未带外币。两个日本人得知后，"殷勤"地替他付了款，并叫通警视厅的电话。就在此时，两个日本人谎报了"军情"。

事实终于大白于天下。

"友谊"号临开航前，警视厅负责人亲自驾车来到船上，郑重地把一张"拾物领取单"递给了谷船长。

谷船长接过"拾物领取单"，一字一板地说："经过研究，无论这批黄金归属如何，我代表几百万中国海员和全体中国人民，把它捐给日本的慈善机构。"

事情已经过去许多年。至今，日本人见到中国货船，还津津乐道"黄金"船长的故事。

# 狂吻印度洋的"海之子"

"报告船长，船位消失了……"值班驾驶员敲开船长的房门，急促地说："卫星自动定位仪出了故障！"

这是中国远洋集团广州公司一艘大型货轮"黄河"号，正航行在波涛滚滚的印度洋上。

此刻，正值印度洋西南季风肆虐的季节。"黄河"号将穿越印度洋，前往西非的尼日利亚。

驾驶台里的温度表急剧升高，海上空气更加湿润，气压开始变低。人们预感道：印度洋要发脾气了！

"黄河"号船长是位饱经风浪的航海家，多次成功穿越气象恶劣的海区：号称"海员坟墓"的比斯开湾，波浪滔天的非洲好望角……都留下了他的航迹。

但是，这次印度洋的风暴却让他始料不及。"黄河"号在东经 78 度以东洋面的头四天，居然没遭遇逆强风形成的滔天大浪。然而，当"黄河"号驶离马六甲海峡转向不久，天气突然变了脸，呼啸的狂风卷着小山般的巨浪，飞越十几米高的大桅，重重拍击在甲板上，发出阵震耳欲聋的响声。

猝不及防的歺厅里，厨房的锅碗瓢盆，船员房间的茶杯、水瓶，哗啦啦摔成一地碎片。毫无防备的船员猛然在走廊里打着趔趄，身不由已的撞在舱壁上。连船长室沉重的保险柜也被掀倒，躺在光滑的地板上来回"吱吱"的滑动……

船舱里一片寂静，没有了昔日的热闹和暄哗。

更令船长意想不到的是，在浩瀚的大洋里，船上的卫星自动导航仪突然失灵。"黄河"号像只无头鸭子在茫茫大洋里漂泊闯荡……这是船长航海史上从未遇到过情况。

艰险的航程重担摆在了年过半百的船长肩上。

听完值班驾驶员的报告，船长登上了驾驶台。

肆虐的狂风卷着深兰色的波涛，一会儿将"黄河"号抛向云端，一会儿又把"黄河"号砸向浪谷。那场景如同一名魁梧的角斗士把矮小的侏儒，抱在手中高高举起再重重摔下，令人头晕目眩，肠胃翻江倒海……"黄河"号高昂的船头，让人分不清是在触摸天空还是在狂吻大洋。

驾驶台不由自主地在狂风巨浪中颤抖着，发出吱吱呀呀刺耳的怪响声。

船长两腿稳稳地站在驾驶台上，雕塑般按着雷达显示器的扶手，望着前方翻江倒海的风暴。

此刻，船长想起了 1979 年 10 月"玉龙"号遭遇台风在日本海触礁沉没的"怒海惊魂"的场面。

那时，船长刚刚拿到二副证书，在中远集团"玉龙"号上担任实习三副。

1979 年 10 月 19 日子夜，突来的台风宛如瘟疫魔鬼般洗劫了毫无防范的日本北海道。掀起的狂涛恶浪，排山倒海越过高耸的防波堤，直扑打在停泊在港内外的大小船舶。霎时，碰船的，走锚的，搁浅的……与人的哭喊声连成一片。

就在此刻，在锚地抛锚待航的"玉龙"号在狂风中突然搁浅。一颗火红的求救信号弹腾空而起，映红了半片天。

不久前，"玉龙"号在日本三个港口加载，准备后启程回国。面对肆虐的台风，年轻的船长神不知鬼不觉地，选择在附近锚地抛锚，延误了最佳的开航时间。结果，"玉龙"号永远葬身在异国他乡。虽然 48 名船员均已获救，却制造了 20 世纪 70 年代中国远洋史上空前的海难，留给船员们终身无法抹去的"怒海惊魂"。

"黄河"轮船长这段难忘的回忆，使他深深感到此次印度洋狂风巨浪不能与台风相提并论，但是失去船位的巨轮，要靠船长的勇敢，智慧和能力来驾驭。

没有了船位，船长开始使用"天文定位"。

"天文定位"在卫星自动导航广泛用于民用远洋前，是运洋船舶获得船位的重要手段。

船长熟练地操起观天的"六分仪"，一会儿站在驾驶台左侧，一会儿站在驾驶台右边……终于在茫茫的印度洋里找到了"黄河"轮的船位。

大伙儿深深地舒出了一口气。

但是，船长并没有放松警惕，一边指挥舵工躲过浪峰穿过浪谷，一边命令水手长带人系上安全带加固甲板上集装箱上的绞锁。

突然，船头不远处拥来一阵宛如引爆排雷的"怪浪"，咆哮翻滚着朝"黄河"轮主甲板猛扑过来！船长立刻拿起扬声器，大声朝水手长喊道："注意，水手长！"

话音刚落，山头般的海浪直扑向甲板上的水手长他们……

船长惊出一身冷汗，失声喊出了水手长的名字，眼泪不禁流出了眼眶。

谢天谢地，水手长和几名水手被海浪扑打在甲板上，浑身淋个透，却顽强地站了起来。

经过全船奋力拼搏，"黄河"轮驶入了莫桑比克海峡，朝好望角驶去。尽管这里仍然风高浪急，比起印度洋的波涛，可谓"小巫见大巫"不再话下了。

"黄河"轮勇闯印度洋的经历虽说已经过去了许多年，"黄河"轮船长镇静、稳重和高超的航海技艺，仍然深深印在船员的脑海里，永不磨灭。

这位驾驶"黄河"轮的船长是谁？

他是中远集团广州公司的优秀船长，绰号"海之子"的王满明。

"海之子"的绰号是一次偶然的机会被传开的。几年前，全国总工会召开的"海员电视剧"座谈会上，王满明船长拿出一本以本人为原型的长篇小说《踏浪者》，引起了与会者的注意。

书中主人翁对大海的眷念和热爱，对航海事业的追求深深感染了与会者。人们称誉王满明是不折不扣的"海之子"。

"海之子"出身在江苏扬州。童年是在"大集体，吃食堂"的"大跃进"年代度过的。母亲是古镇一座幼儿园的园长，父亲开了间"油面手艺"小面馆。兄弟俩人，哥哥是位复员军人。

"海之子"少年时代是在苦水浸泡中长大的，吃过榆树皮，挖过茅草根，小学毕业后以优异成绩考取了古镇中学。中学毕业后考进了南京海员学校（今江苏海事职业技术学院前身），开始了准海员的生涯。

1975 年 11 月，"海之子"踏上了中远集团所属的"兰亭"轮，开始了与大海不离不弃的 26 年漫长的航海生涯。

"海之子"二十多岁投身远洋事业，历经水手，舵工，驾助……最后成为船长，创造了许多业绩：用一艘船装载两船货；首航南非，打开了中南两国封闭半世纪的僵局……

　　就在"海之子"航海生涯达到顶峰时，一张"死亡请柬"让在沧海沉浮二十多年的船长惊呆了：他患上了白血病，死亡开始向他招手。

　　"海之子"遭遇了生命中的"印度洋"，是让这艘生命的航船就此搁浅沉没，还是摆脱厄运与劫难，再次扬起风帆。

　　"海之子"没有退却和倒下，他与哥哥"骨髓配对"成功了。他在日记里写道：1995年9月19日至1998年6月10日，我度过了一段生命旅程中最漫长、最混沌、最痛苦、最难忘的岁月……可以这样说，没有强烈的求生欲望支撑，没有二十多年来大海航行的磨砺做基础，没有相濡以沫的妻子的真心呵护，没有人间最崇高最纯洁的爱，我生命的航船早已断航！

　　"海之子"的话和他精彩的航海生涯永记在人们心里。

　　古语说，寒门出孝子，磨砺育人才。王满明船长的故事就是最好的佐证！

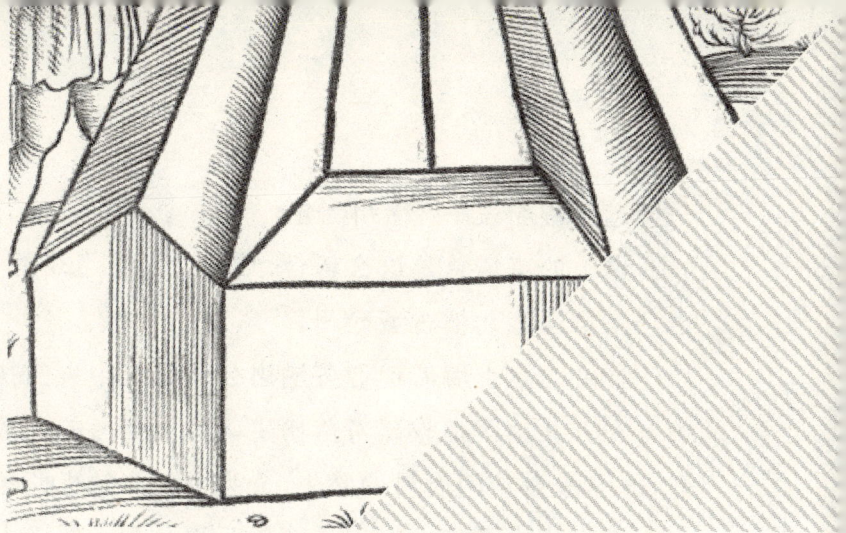

# "三级跳"的踏浪者

人们说，这个故事创造了当代航海史上三个"吉尼斯"世界纪录，这话虽然有些夸张，但是却引起人们的关注。

他是一位普普通通的船长，一位让人敬佩的踏浪者，一位来自贫困地区的追梦人。

## 徐州人登上了"徐州"轮

1995年秋，果实累累的收获季节，浩瀚的东海波涛滚滚。

一位身背简单行囊的青年，迈着急促地步伐踏上了一艘远洋货船——"徐州"轮。

世上的事情总是这么巧合，踏上"徐州"轮的青年，恰巧来自江苏北部古城徐州。

1993 年，上海海运劳务输出公司根据中央的扶贫政策，在苏北地区招收高考落榜生。按照高考的分数，录取 56 名来自贫困农村的学生，分为驾驶和轮机两个专业在上海海事大学集中培训，两年后再分配上船，人们戏称"黄埔一期"。

这也是航海界首次"精准扶贫"的范例，格外引人注目。

十里洋场的上海，早在清朝同治二年（1863 年），李鸿章在此创办了"广方言馆"，是中国有史以来首座培养精通洋务人才的学堂，也是最早培养航海人才的学府。吴宗濂赞叹道："一馆之中极勋位于首辅，展奇韬于秘府，遍使节于环球，振古以来未有若斯之盛也！"

经过二年的刻苦学习后，这位年青人踏上了向往已久的远洋航船，开始了改变家庭和个人命运的人生历程。

这位年青人就是被誉称创造航海史"吉尼斯"记录的陆林船长。

经过在"徐州"轮的实习，陆林"破天荒"被派到台湾"永宏"轮做了见习三副。没多久，就被正式任命为三副。

作为国内劳务公司首批派往台湾的船员，劳务公司格外重视和关注。要求他们创出"牌子"为后来的校友闯出一条从业的路子。

陆林满怀深情地对公司领导说："自己高考仅差几分未考取大学。人生前进的路上摔了跤，此后憋着这口气，要在船上做出成绩弥补过去的不足！"

陆林这样说的，也是这样做的。

陆林担任首艘外藉船正式三副的船上，除船长是中国台湾人外，其他都是菲律宾船员。陆林是唯一来自中国大陆的船员。

船如同一头不知疲惫的巨鲨，频繁来往东南亚各港口。

陆林几乎忘记了疲劳和休息，像一头刚出茅庐的牛犊，只要船长交办的业务，都认认真真地办好办妥，赢得船长的高度信任。不久，船长破天荒地把担任三副不久的陆林提拔为代理二副。

一年后，回家公休的陆林在途中，脚还未踏入家门，台湾公司要求陆林立刻赶回船上，正式担任二副工作。

陆林二话未说，又风尘仆仆回到船上。不久，船长换了。新来的船长同样赏识这位招人喜欢的年青二副，要求公司设法替他办理大副证书（按国内海事局的规定，必须够年限通过考试才能办理）。几个月后，这位船长公休了，新来接班的船长同样要提他为大副。经过努力，台湾公司终于为他换了巴拿马大副证书。

台湾公司总经理骄傲地说："一个服务期内，从三副擢升到大副的"三级跳"，在公司的航海史从来未有，世界上也十分罕见。"

陆林连续在海上服务了 27 个月，下船参加了船长统一考试。2007 年 10 月正式做了船长，当年他只有 28 岁。

一次，船在一个外国港口，引航员发现驾驶台上最年轻的陆林竟是这艘万吨巨轮的船长时，不禁大声地惊叫道："真是太年轻了，完全出乎意料！"

从实习三副到驾驭巨轮的船长，来自苏北贫困地区的陆林，仅仅用了 7 年多的时间，真正创造一个海上"吉尼斯"世界纪录！

## 六百三十天未接"地气"的船长

"接地气"是海员终身追求的欲望。

长期在海上漂泊的海员，总是希望有机会踏上陆地，享受那种响往已久的亲切感。海员称做"接地气"。

陆林从 1994 年上船到 2004 年，加起来除了公休和参加船员考试的几个月外，几乎未下过船，从未在家过个春节。

2003 年，公司劝他下船公休顺便办理户口问题。但是，刚下船"接地气"不到十天。台湾公司一位船长忽然病了。此时正值春节前夕，接班船长难找，公司无奈打电话与陆林船长商量，陆林二话未说马上赶到船上。台湾公司老板感动地热泪盈眶。老板觉得陆船长连续在船上工作 32 个月，从未"接地气"，实在不好意思张口，抱着试试看的心态，没想到陆林船长爽快的答应了。

人们常说，陆林船长在海上坚持干了二十多年，不离不弃，把船管理的井井有条。陆林管理的船上的船员来自众多国家和地区，属于"多国联军"，许多年令都比他大。

管好这只"多国联军"实在不易。

一次，他服务的"国富"轮从菲律宾开往印度尼西亚途中，船头的危险品柜突然冒起浓烟。面对突发的事件，船员大都十分恐慌，呼喊声和哭叫声响成一片。陆林船长却格外镇静，马上命令减速调转船头，让火势朝下风燃烧。原来是箱柜里的催化剂发生了自燃。

就在这关键时刻，陆林船长袖子一撸，带领船员第一个冲进火场，火势很快被控制。

"多国联军"惊呆了："这样的船长我们从未见过，真是太棒了！我们从心里钦佩。"

台湾公司得知后，特地嘉奖了陆船长。陆船长将这些奖金平分给了每一位船员，他的一份给了受伤的船员。

"多国联军"上的船员感动地热泪盈眶："陆船长是我们最信任和爱戴的领头人！"

很少"接地气"的陆林船长，用自己的品格和行动影响和感动了"多国联军"每个成员，成为他们佩服和拥护的"掌门人"。

人们为陆林船长算了一笔账，在他所服务的外派公司，陆林船长连续 630 天未"接地气"，这在中国海员外派史上文创造了一个新的"吉尼斯"记录。

# 船东"提拔"的船长

陆林船长还拥有一项"吉尼斯"纪录：船东"提拔"的船长。

翻开陆林船长的"航海史"，短短的 7 年多时间，从实习三副做到船长，每次升职都是船东提出来的，这是十分罕见的。

2003 年，陆林船长被评为中远集团第六届先进生产者。在赴北京参加中远劳务会议时，他讲了一段十分感慨的话："把船上的工作当成自己的事来做，主动去做，然后再向领导汇报。上级不可能样样布置给你，你必须自己做，工作做好了，人家会看到。一件事同样要做，主动做和领导叫做，虽然同样花力气，给人的感觉完全不同！"

朴实而真切的话语使与会者深受启发和教育。陆林船长这样说，实际工作中也是这样做的。

人们说，这正是来自贫困地区的陆林船长被船东认可和提拔的原因。

2004 年，一名记者慕名而来采访陆林船长，费了很大功夫才找到他。原来，近日将实施《国际船舶安保法》，陆林船长正躲到船舱里埋头苦读。虽说过几天要统一培训，陆林船长仍然不放心："详细具体的东西必须弄个清清楚楚，不能糊里糊涂的应咐。"

陆林船长主动认真的工作精神，正是船东喜欢和提倡的。在陆林船长服务过的所有船上，在接受港口国的检查时，没有发生过一次被滞留。

船东"提拔"船长，在航海史上应该也算一项"吉尼斯"纪录吧！

陆林从一个贫困地区的苦孩子，被国家的扶贫政策幸运地选进航海学校，成为一名海上的"踏浪者"。他用自己的实际行动，实现了他的誓言："高考路上摔了跤，此后憋着一股劲，在船上做出成绩，弥补过去的不足！"

这就是"三级跳"的踏浪者——陆林船长。

# 限量版的"航母"船长

　　一天，一位退休赋闲在家的老船长，被紧急地唤到公司的办公室。

　　一份史无前例、难以置信的任务摆在老船长的面前："这是航海史上罕见的艰难航程，上级决定由你牵头去执行。"公司领导一字一板地说，"希望你做好充分准备。"

　　老船长没有言语，手拿着"任务书"默默地沉思着。但是，人们从他那炯炯地眼神里看到了信心和力量。

　　事情发生在 2001 年春节刚过的上海远洋运输公司。

　　这位鬓发斑白略显削瘦的老船长，正是曾任公司指导船长和安监室主任的陈忠。

　　人们说，陈忠的一生，是奋斗的一生，航海的一生，成功的一生。

1938年，春暖花开的季节，一位健壮的小男婴在江苏启东一个四面漏风的农舍里"哇哇"落地。生父叫周龙郎，因为家里一贫如洗，幼年便过继给了同村的陈家，起名陈忠。继父是名地下党员。养母希望陈忠"耕田锄禾"维持生计。养父却颇有见地："三代不读书，等于一窝猪"，坚持让陈忠走进学堂，学点本事。

在养父的坚持下，陈忠从小学读到高中毕业。并于1961年以优异成绩考取了上海海运学院，开始了他终身追求的航海梦想。

人们说，陈忠是安全，救火，智慧"三位一体"的航海家。

这话说的一点也不夸张。

1973年7月，经过海上五年多的风风雨雨，陈忠正式被提拔为公司的船长。第二年春天，陈忠踏上了已有25年船令的老爷船"玉泉"轮，这是一艘由上海开往日本的班轮。"老爷船"的船况欠佳：主机底脚螺丝松动，无法固定。船体锈迹斑斑，冷藏舱千疮百孔……

对于首次登上这艘"老爷船"的掌舵人，陈忠没有丝毫马虎怠慢，想尽一切办法弥补不足，使这艘"老爷船"唤发了青春，在保证货物数量质量的前提下，采取一切措施多装快跑，安全无事故。

"安全"船长成了陈忠的代名词。

1975 年夏天，在家公休的陈忠突然被公司派到 18000 吨的"静河"轮做船长。从 3000 吨的"玉泉"轮到 18000 吨的"静河"轮是从量到质的飞跃。而且，由于原船长突发疾病住院，既没有交接班，也没有资料；还是一条陈忠从未跑过的航线：来往澳大利亚的班轮。

陈忠船长失眠了。但是，他知道："只要登上船就没有回头舵"。翻资料向老船员请教……终于园满地完成了任务。

陈忠又有了"救火"船长的绰号。

"救火"船长在有限的航海生涯中，多次危难受命承担了"救火"船长的使命。

1987 年初冬的一天，陈忠突然接到公司的指令：立刻赶到日本神户港，完成一次特殊的任务，将重达 500 吨的"核压力壳"运回上海。

"核压力壳"是我国建设秦山核电站的重要设备，不能有半点闪失，连一块油漆都不能碰坏。这等于在大海里绣花，难度太大了！

陈忠赶到装运货物的"黎明"轮的当天，未卸下行装就奔到大舱，对这票特殊的大件货绑扎衬垫挨个逐件检查，发现问题立刻整改，整整忙了一个通宵。

"黎明"轮启航当天，日本沿海遭遇大风。一天一夜后，经验丰富的陈忠发现韩国你釜山附近和山东半岛同时有股高压气旋东移，移动前海面会出现暂时的平静。

"时机到了！"。

陈忠立刻下令起锚开航。"黎明"轮一帆风顺，平安抵达上海港。

码头上，蜂拥而至的记者把"黎明"轮围个水泄不通。连续在驾驶台上站立了一天一夜的陈忠船长，睁着疲惫的双眼笑着对记者说："这是每个有责任心的海员都应该做的事！"

事情刚过一年，"黎明"轮的余波还未消散，陈忠又匆匆赶到英国一家船厂，接替因病回国、正在监造新船的船长。

提起陈忠的"智慧"，上海滩上业内无人不知无人不晓。

1984年，宁波外海发生一起海难事故：一艘渔船被一艘商船撞沉，造成9名渔民死亡或失踪，仅一人幸存获救。

经过有关部门调查取证和幸存者的陈述，初步认定上海远洋运输公司所属"平乡城"轮为肇事船。

做为公司被告人代表陈忠船长，抓住一个重要的现场事实：幸存渔民对肇事船现场的叙述，恰巧证明肇事船不是"平乡城"轮。幸存者当时正在船尾，渔船正向西南方向航行。幸存者看到了肇事船两盏白灯，左低右高。陈忠立刻反应道：这说明是艘由北朝南航行的肇事船。而"平乡城"轮此时正由南朝北行驶。"航海日志"

上有明确的记载！所以"平乡城"轮不是肇事船。

事实面前，陈忠船长的答辩被采信，取得了胜诉。

1995年，公司的"秦河"轮在雾中，于渤海湾"触碰"到挪威一艘工程船。对方称"秦河"轮将他们拖曳作业的电缆损坏，要求赔偿。陈忠以该电缆没有应急避让的功能，而且该水域不宜拖曳电缆为由，有理有节的陈述，使赔偿有了转机，工程船也需承担责任。

具有"安全，救火，智慧"三位一体的船长陈忠，这次将要完成一项什么样的"航海史罕见的航行"呢？

摆在陈忠船长面前的任务书清晰地写着：将一艘锚泊在黑海中央，没有任何设备和装修的无动力航母"瓦良格"号，通过土耳其海峡，拖往遥远东方的中国大连港。

原来由前苏联建造的"瓦良格"号航母，在苏联解体后，成了"烂尾船"。1999年被澳门一家旅游公司买下，准备做"海上酒店"。

初秋的黑海已经冷风飕飕。陈忠和接船人员每人一个睡袋，就地睡在冰冷的甲板上。

身心疲惫的"三位一体"的船长陈忠毫无睡意：这可是世界上从未有的航程啊！面对狭窄弯曲的达达尼尔海峡，各种可行的方案；拖船，缆绳，号令……一一做了详尽的布署和安排。

2001年4月10日，陈忠船长胸有成竹地登上"瓦良格"号航母的驾驶台。

陈忠船长首次登上了航母的驾驶台，在世界航海史写下了精彩的一页。

此刻，来自中国，土耳其和乌克兰的 38 名船员各就各位。

一阵浑厚震耳的汽笛声中，负责拖航的拖船队起航了。

当天的航海日志是这样记载的：

8 时 52 分"瓦良格"号进入博斯普鲁斯海峡北口。11 月 2 日 10 时 45 分，驶入达达尼尔海峡北界线。17 时顺利驶出土耳其达达尼尔海峡。

"瓦良格"号终于驶出了号称"牢笼"的达达尼尔海峡，陈忠船长成了航海"挑战不可能"的第一人，创造了航海史上新的"吉尼斯"世界纪录！

从进入达达尼尔海峡到冲出这个"牢笼"仅用了 6 小时 15 分钟，但是，陈忠船长从接受任务，制定通航方案，与当地海事部门艰难谈判……不知消耗了他多少个日日夜夜陈忠幽默地笑着说"这是最好的减肥运动！"

2002 年 3 月 3 日，春风荡洋的大连港，终于迎来了遥远西方的"巨无霸"——无动力航母"瓦良格"号。

这是一条长达 15200 海里，耗时 123 天的艰难航程。途中遭遇了地中海的狂风恶浪，穿越了直布罗陀海峡，经好望角，越过风云无常的印度洋，终于画上了一个园满的句号。

"瓦良格"号航母就是当今我国"辽宁"号航母的前身。

至今，在人们津津乐道"辽宁"号航母时，总不会忘记它的第一任船长陈忠，一位商船的船长。

人们在陈忠"三位一体"船长的头衔前，增加了一个新的头衔——"限量版"的"航母"船长。

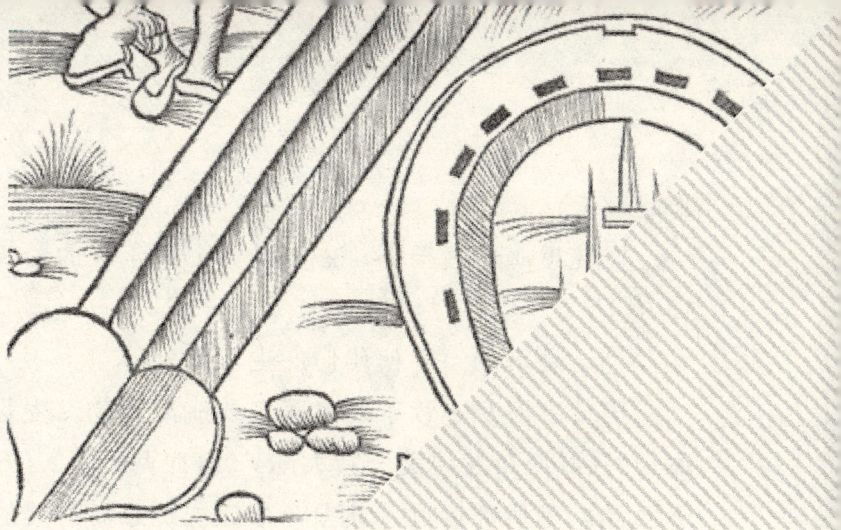

# 十五岁船长背后的故事

　　司徒慧海从图书馆出来，一蹦三跳地喊道："终于找到了，我胜利啦！"

　　不久前，司徒惠海以优异成绩考取了一所知名的航海学校。做一名远洋海员是司徒惠海从小的愿望。

　　司徒惠海出生在一个海员世家，祖父和父亲都是吃"海上饭"的"老把式"。家庭的熏陶和耳濡目染，激发了司徒惠海做海员的决心和热情。

　　为学好基础知识，从小学到中学"连跳"三级。16岁的他以优异成绩高中毕业。

　　在"谢师"座谈会上，人们扳着手指数：按照海员考试规则，司徒惠海航海学校毕业后，不出意外30岁前可以拿到船长证书。人们称赞地说："你是最年轻的船长！"

司徒惠海却直摇头，说："世界上最年轻的船长只有15岁！"

"这是真的？"伙伴们产生了质疑。

司徒惠海从小读了许多著名的航海读物,《麦哲伦航海记》《哥伦布发现美洲新大陆》《海底两万里》《郑和七下西洋》等他都读过。其中，最让司徒惠海着迷的是一本名为《15岁的船长》的书。"桑德才是世界上最年轻的船长。"司徒惠海坚定地说："不信，我把书找给你们看。"

《15岁的船长》是世界著名科幻作家儒勒·凡尔纳的作品。

人们对凡尔纳的代表作《神秘岛》《地心游记》《海底两万里》等并不陌生，可是没听说过凡尔纳笔下著名的小船长——迪克·桑德的故事。

司徒惠海是个不认输的小伙子，他跑遍了城里所有图书馆，终于找到了《15岁的船长》这本书。

《15岁的船长》并非凡尔纳的代表作，但是书中的主人翁迪克·桑德的形象给司徒惠海留下了深刻的印象。

而且，这本书的创作与凡尔纳的儿子米歇尔有着直接关系。米歇尔自幼顽皮好动，冒险精神比凡尔纳有过之而无不及。凡尔纳对此感到十分头疼。在尝试了多种方法后，他最终将米歇尔送上一艘远洋轮船。惊涛骇浪的海上生活，不仅没有使米歇尔屈服，而且使他练就了一身本领，最终成为一名出色的船长。

米歇尔的出色成就感动了凡尔纳，从而产生了创作《15岁的船长》的灵感。

《15岁的船长》的故事发生在1873年的2月，这是一个"流浪者"号货轮从奥克兰市返回旧金山途中发生的故事。

"流浪者"号是艘大型捕鲸船，船上除船长和五名水手外，还有船主的夫人、儿子、船主夫人的表兄。途中"流浪者"号在太平洋上发现了一艘尚未沉没的轮船，搭救了船上五名黑人和一只叫丁戈的狗。不幸的是，在"流浪者"号航行中，船长阿森和五名水手在捕捉鲸鱼时全部遇难。于是，船长的重担就由实习水手迪克·桑德担当。当时桑德只有15岁。船上厨师内格罗是个贩卖黑奴的坏人，耍尽阴谋诡计企图把船开到非洲，把船上的人当奴隶贩卖。期间，船上发生了许多险象环生、失而复得的事情。但是，小船长桑德没有倒下。在桑德的带领下"流浪者"号平安地返回了旧金山。

《15岁的船长》的故事激励和感动了无数向往海洋的青少年，司徒惠海就是其中一员。

司徒惠海的介绍使同伴们十分感动；对司徒惠海的航海知识赞不绝口，同时也提出了质疑：《15岁的船长》是文学作品，现实生活中有这种事吗？

司徒惠海也不得不点头认同说："这是文学作品。"

但是，司徒惠海航海学校毕业后，真正踏上海船开始远航时，一次偶然的机会使他改变了看法："世界上绝大多数的知名航海家，都在年轻轻的时候走向了大海。"

　　一年，司徒惠海随船来到西班牙巴里亚多利德市，这里是哥伦布去世的地方，市中心广场有座哥伦布纪念碑。司徒惠海正在纪念碑前留影拍照，忽然来了一群身着海员制服、手里举着哥伦布画像的青少年。据说他们都是哥伦布的崇拜者，这天又正值哥伦布诞辰纪念日。

　　这群青少年得知司徒惠海是来自中国的海员，热情与他攀谈起来。

　　司徒惠海得知这些"哥伦布迷"都想做海员时，惊奇地说了句："这么年轻就想上船做海员？"

　　少年朋友的回答使司徒惠海惊叹不已："哥伦布十岁就上船做了海员。"

　　远航归来后，司徒惠海找到一本《航海探险》的小册子，里面记载着哥伦布十岁上船做水手的故事。自此，开始搜集了解世界知名航海家最初登轮出海的年龄。

　　这次寻找，司徒惠海大有收获：世界著名的航海家，几乎都在青少年时期就奔向了大海。

　　证明"地圆说"的环球航海家麦哲伦出身在葡萄牙一个衰落的贵族家庭，幼年做过王后的侍童。不满 16 岁，他就成了一名海军士兵。25 岁那年，他随船队远征印度，不幸作战负伤成了瘸子，但是仍然没有离开大海。1519 年秋天，麦哲伦在西班牙国王的大力支持下，率领五艘船只离开塞维利亚港，开始了证明"地圆说"的远航。此时麦哲伦 39 岁，已有 22 年远航和做船长的经验，也是世界上著名的"瘸腿"航海家。

出身于明朝云南一个小城伊斯兰家庭的郑和，在明成祖首次御派出西域时才 24 岁。后来，他真正率领庞大航队远下西洋时也只有 34 岁。

司徒惠海没有满足这些资料，逐步将世界上几乎所有著名航海家"查询"了个遍：环绕斯堪的纳维亚航行的"养鹿人"诺曼人奥塔，驾驶帆船绕行地球 315 天，时年不足 30 岁，已有多年航海经历。发现"冰岛"的诺曼人纳多德船长当时刚满 30 岁，已有 18 年的航海生涯。出身威尼斯贵族的马可·波罗和他的父亲尼可罗·马克都是世人皆知的大探险家，是真正的探险英雄，他们完成的丰功伟绩都在青壮年时期，马可·波罗登上"威尼斯"号只有 17 岁，等等。

司徒惠海通过调研得出一个肯定的结论：几乎所有有成就的航海家都在青少时期怀着"航海梦"走向了大海，因为青少年最具探险精神和力量！

《15 岁的船长》的主人公只不过是这些航海家的典型和缩影。司徒惠海在调研笔记中最后写道："航海是年轻人的事业，希望有更多的年轻人走向大海！"

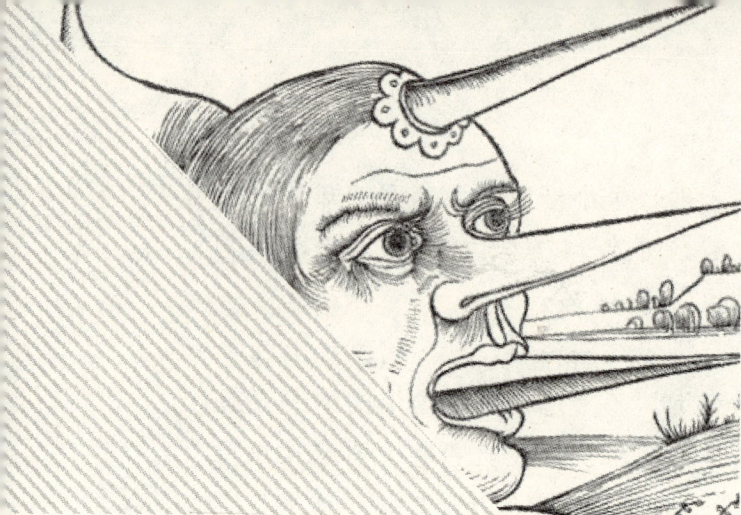

# 搬不动的"南极石"

　　东海之滨的厦门，有座驰名中外的航海院校——集美大学航海学院（原集美航海学院）。

　　在学院的广场上有块黑灰色的石头，引起众多参观者的好奇：面盆大小，表面风化的斑斑疤痕的石头却十分坚硬。

　　这块石头被称为"搬不动的南极石"。一位初来参观不知底细的人，竟然轻轻地举了起来："谁说搬不动！"

　　引起人们一阵哄笑和质疑。

　　这块仅有几十斤重的石头为什么称为"搬不动的南极石"呢？它的背后一定是有故事的。

　　一位老师揭开了这个秘密：它是一位著名船长特地从南极带来的，也是这位船长的"代名词"。

1999年2月一天的清晨，我国第一艘大型科学考查船"雪龙"号正行驶在浩瀚的印度洋。

　　此刻，罕见的超强热带风暴忽然呼啸而来，十几米高的浪涌嘶叫着成排向"雪龙"号猛扑过来。

　　"雪龙"号瞬间成了一叶弧舟，时而被推上浪峰，时而被砸向浪谷。螺旋桨打空车发出的声响震耳欲聋，船体发出阵阵撕人心肺的响声。

　　站在驾驶台上凝神瞭望的是位年轻的船长，只见他扶着瞭望窗前的扶手，双腿稳稳站在窗前，不时发出舵令："把定！左舵，右舵。"

　　这是一艘价值连城的科考船，船上都是国内顶级的科学家。船舷外风狂浪急危机四伏，船舶每个动作，如速度，方向，倾斜度，转向都时刻关系到船上人员的安危，稍有疏忽后果难以预料！

　　驾驶这艘"宝船"的船长来自集美大学航海学院。毕业后来到国家海洋局，加入科学考查的行列。经过风浪，冰川，寒潮，大雾……的考验，从水手，驾驶员一直到担任"雪龙"号船长，他在短短的十几年里，驾驶"雪龙"号11次穿越南太平洋风暴区。多次横跨赤道，航程超过10万多海里。在冰天雪地的南北极航行作业1万多海里，创造了中国科考船的奇迹。

　　果然，这位年青的船长没有辜负大家的期望，安全驾驶"雪龙"号穿越了罕见的风暴区。

　　此刻，精疲力竭的船长竟瘫倒在驾驶台上，人们含泪将他扶下驾驶台。

船员太了解他们的"掌舵人"：倔强，坚守，对"雪龙"号不离不弃……但是，心疼和担心一直纠缠着船员的心，"雪龙"号漫漫的航程中，狂风，恶浪，冰川，海盗，疾病无时不在，"掌舵人"能坚持住吗？但是，这艘中国最大的科考船能离开他吗？

"掌舵人"似乎了解大伙儿的心思。一次南极返航途中，人们发现船长房间多了块"南极石"。

原来在"雪龙"号赴南极前的宣誓会上，一位年长的科学家代表大家表示：困难再多，危险再大，也要像"南极石"扎根南极，谁也搬不走！

人们明白了：船长是块搬不动的"南极石"，永远扎根在"雪龙"号上。为此，人们尊称他是"搬不动的南极石"

事隔不久，"雪龙"号再次出现在南极的冰川里，站在驾驶台上的仍然是"搬不动的南极石"

这位"搬不动的南极石"建立了"雪龙之家"网站，仅一个南极航次就有近万人次访问他的网站："什么力量让你坚守在这条险情百出的航程上？"他的回答十分坦然："当一个人满怀对祖国的热爱，充满了神圣的使命感的时候，他是不会惧怕任何困难的！"

"搬不动的南极石"在"雪龙"号上整整坚守了17年。这位使人敬佩的船长，就是集美大学航海学院毕业的袁绍宏。

袁绍宏出生在江苏省泰县(今泰州市姜堰区)。集美航海专科学校毕业后加入了国家科普考察队伍，从此没有离开大海，没有离开南极，没有离开"雪龙"号……

袁绍宏船长是个铁血男子汉，遇到艰险勇往直前。平时又是一位有柔软心肠的热心人。老师接着讲起袁绍宏船长另外两个感人的故事。

2002 年 12 月的一天，"雪龙"号从利特尔顿港起航不久，风力 11 级的强风暴袭击了太平洋上空，上百吨的海水涌上甲板，航行灯被打掉，配电箱被刮跑，电缆架被打散……前舱进水，船尾翘起，螺旋桨空转的剧烈震动声响彻海空，船体倾斜度超过了 20 度。人们纷纷奔上了驾驶台。

望着眼前的险情和船员期盼的目光，袁绍宏冷静沉稳，发出一个又一次指令。经过近一天一夜的校量，"雪龙"号终于闯出"魔鬼西风带"。

事后，人们发现平时很少流泪的船长眼眶红了："危急关头，船长不能倒下，大家都盯住你。一旦船遇险，此刻无人能救你，也无法援救。只能靠自己的毅力和智慧。眼前不是别人，都是同甘共苦多年的兄弟啊！"

驾驶台顿时抽泣声响成一片。

"雪龙"号第十六次南极考查途中，由于劳累过度，一位极地研究所的老科学家在南极卸货时累得大吐血，生命危在旦夕。"雪龙"号必须将其送到最近的智利港口抢救治疗。但是，此刻的"雪龙"号已被浮冰层层包围，船头无法转向。人们发现，平时面对天大险情也镇静自若的船长眼圈红了，含着泪声撕力竭地叫喊着口令，"雪龙"号一米一米地撞击着浮冰。整整 12 个小时才闯出一条路，船长这时已经泪流满面……

老师娓娓动听的讲述，使在场的人感动万分，有的同学流下了激动的泪水。

当人们问起陈列室那块"搬不动的南极石"来历时，老师告诉大家：一年秋天，"雪龙"号首航厦门。袁绍宏应邀回到阔别十几年的母校。深情地回忆起在母校度过的难忘岁月："如果没有母校老师们辛勤的培养，就没有我的今天。母校交给了我一把开启知识大门的钥匙。这把钥匙就是扎实的理论基础和吃苦耐劳，以及孜孜不倦的求知精神。我永远铭记校主陈嘉庚先生制定的'诚毅'校训，永远铭记母校老师'每一条船都是流动的国土，要爱这片国土，要保护这片国土'的淳淳教诲，立志以优异成绩报答母校的培育之恩。"并向母校赠献了这块意义非同寻常的"南极石"。

今天，当人们在校史陈列室里望见这块"搬不动的南极石"时，总会想起袁绍宏船长前往南极科考的日日夜夜和他对祖国科考事业的杰出贡献！

# "女娃儿"船长传奇

20 世纪 80 年代中期, 长江下游"太子矶"航路。

一艘豪华的大型客轮在薄雾中, 沿着长江南岸朔江而行。

"江渝十八"号航行在雾中时隐时现。

"太子矶"是长江航路最险峻最复杂的航路之一: 水势紊乱, 航道弯曲, 水流湍急, 航道狭窄, 素有"长江第一险"的称号, 可谓长江里的"比斯开湾"。

"江渝十八"号对面突然驶来了一串黑压压的水下船队。顿时, 笛声阵阵, 浪花飞溅。

按照长江航规, 上行船应该避让下行船。由于值班驾驶员站错了船位, 占据了下水航队的航路, 如果不采取果断措施, 两船面临相撞的危险。

站在甲板观望的游客此刻惊呆了，呼救声和尖叫声响成一片。

就在这千钧一发之际，只见一名年轻女子，火速从甲板上一个箭步冲上驾驶台。"右满舵！"还未等舵工缓过神来，她夺过舵轮迅速来了一个右满舵。

谢天谢地，"江渝十八"号极速向北偏转，紧紧擦着来船船舷而过，避免了"船毁人亡"的事故。

惊魂未定的旅客得知，这位火速救船的女子就是"江渝十八"号轮的船长、一位年轻的"女娃儿"时，无不惊叹和敬佩："真没想到，中国还有这样年轻的女船长！"

这位让旅客惊叹和敬佩的"女娃儿船长"，就是重庆长江轮船公司最年轻的船长王嘉玲。

1958 年，王嘉玲出身在山城重庆九龙坡一个船长世家。父亲王治安是位闯荡长江的"老把式"。提起王家第二代船长，颇有一段鲜为人知的佳话。同年春天，山城重庆"莺飞草长，杂花包树"的季节，南岸区妇联干部朱明芳已身怀五个月的胎儿，将赴北京参加群英会。朱明芳总感不便，想把腹中"小家伙"引产下来。丈夫王治安却想添个男丁继承他的"把式"，双方争执不下。最后，当年 6 月，体重不足 2500 千克的小家伙呱呱落地了。日夜与长江为伴的王治安，虽然没有如愿添个"男丁"，还是把"幺妹"取名"嘉玲"，希望她与长江结下不解之缘。

王嘉玲没有辜负父亲的期望。1976 年高中毕业后，她如愿走进了长江，在重庆长江轮船公司客轮上做了一名服务员。

五个月后，王嘉玲毅然提出要做货船水手，要驾船，要当船长，要"遨游"长江。

这个决定，在长江航运界引起轩然大波：女人想驾船，这是长江航运史上没有的，也是人们忌讳的！王嘉玲倔强的性格从小就"显山露水"。

小时候，一次姐姐给她买回一只嵌花的玻璃球，她想搞清楚花是怎么长进去的，居然将玻璃球敲个粉碎。父亲给她捎来一架小手风琴，能拉出悦耳的乐曲，别人骗她，说是里面的洋娃娃在唱歌，她不信，动手把手风琴拆散，非要看个究竟……从小好奇倔强的性格，为她驾驭长江，成为世界航程最长、险难最多的女船长打下基础。

人们拗不过她，经过严格的考核，她当上了驾驶员。

当船长要先从做"小工"开始。"小工"水手解缆系绳，插钢丝，敲铁锈，打油漆……样样都要精通，特别是解系缆绳，拳头般粗细的缆绳短者也得百米以上，不仅需要力气，还要手疾眼快，稍不留神就会"船失前蹄"，给安全带来隐患，这连毛头小伙子都不敢怠慢。

做"小工"当天，王嘉玲把长辫子一剪，成了俊俏的"假小子"。俗话说，冬练三九，夏练三伏。王嘉玲终于练就了一身好把式。

功夫不负有心人。王嘉玲仅用了二个月的时间，就接近了驾船的关键一步——舵工。舵工素有助理船长的雅号，不仅要准确按船长手势操纵轮船，还要熟记航路上的急流险滩、信号、旗语、航碍物等。

俗话说："千年长江千年险，千幢标记千处滩。"王嘉玲几乎将所有时间都用在背旗语、练手势、画信号上，这对正当花季少女的她来说无疑是枯燥乏味的。为在长江里淌出一条前人未走过的路，王嘉玲付出了巨大的努力和牺牲。

终于，王嘉玲得到了丰硕的回报，从水手到大副一般要10年，她只用了4年；从舵工到船长，正常应该是15～17年，王嘉玲只用了10年。1987年，王嘉玲冲破了长江航运界"驾船只是男人世界"的世俗偏见，成为第一位中国内河女船长，也是世界内河航线最长的女船长。

这年，王嘉玲不满30岁，正是人们说的"女娃儿"船长。

1998年，刚刚40岁的王嘉玲受命于西南地区最大的航运企业——重庆长江轮船公司总船长。

总船长是"船长中的船长"。长江开航以来，历经改朝换代，饱经风风雨雨，总船长这个"宝座"都是年过花甲、经验丰富的男人的专利。

王嘉玲打破了长江里这个纪录。

王嘉玲得到众多的荣誉：中共十五大代表、八届全国人大代表、全国劳模、全国"十大女杰"……这是航运界的骄傲，也是新中国妇女的骄傲！

# "长生不老药"与"猕猴桃"

　　"请旅客注意，前方就要到达目的地——秦山岛。大家要注意安全！"

　　一艘过海渡轮缓缓靠近一座小岛，岸边潜浪使渡轮颠簸摇晃着。

　　《航海》杂志社记者迟鸣随着旅游的人群，沿着舷梯登上小岛。

　　迟鸣出身于江苏省赣榆县(今连云港市赣榆区)一个小渔村。这里是当年秦始皇派特使徐福东渡日本的起航处——徐福村。

　　秦山岛离徐福村一步之遥，位于黄海中部，据说是秦始皇亲自登临的地方。种种原因，当上《航海》杂志的记者迟鸣还未在此登山祭海"参拜"过。

相传，在这里登山祭海的秦始皇感动了海神，海神派龙女向秦始皇敬献了宝珠，至今岛上还留有授珠台遗址。

遗址西部山脚下，有条鹅卵石铺就的小路，一直伸向大路，大约有30多里路。任凭风吹浪打，潮涨潮落，此路千余年不曾消失。传说这条路是秦始皇所筑，人们称为"秦皇桥"，当地人尊称为"秦山神路"。

迟鸣是专程为考查这条"神路"的。

在此之前，迟鸣先后考查了秦始皇多次登临的山东半岛中的成山头、琅琊台、芝不岛、碣石山等，搜集了许多有关秦始皇在此巡防的传说和故事。

特别是成山头的传说最为精彩。

据《三齐略记》记载，成山头在胶东半岛的东端。当秦皇岛的御驾行至成山头时，只见仙山云雾缭绕，大海烟波浩渺。秦始皇禁不住拈髯慨叹："仙境呵，天尽头矣！"这时候，这位桀骜不驯自以为无所不能的君王突发奇想，要兴建一座跨海石桥，以便步行，或跨着战马、乘驾着銮舆去拜会海上神仙。

他下旨："石头下海！"

石头听令，果真列着队，一块一块地"走"下海去。

秦始皇嫌有的石头"走"得太慢，就挥动长鞭，鞭打慢走的石头。石头被打得"遍体鳞伤"。至今，山东城阳山上的石头都像人一样立着，面向东方，微微东倾，好像列队相随而行的模样，有些还可以看到鞭打的"疤痕"。

在城阳山南侧峭壁下，有四块巨石依次排列，伸向东南方向，随着潮涨潮落时隐时现，宛如人工垒砌的桥桩。据说这就是秦始皇在位时修建的跨海大桥遗址，成山头神路。

秦山神路是迟鸣考查的秦始皇修筑的第二条"海上神路"。

随旅游团来秦山岛旅游的还有几位日本朋友。

日本朋友得知迟鸣出身在徐福东渡的徐福村，热情地握住迟鸣的手，连声说："我们都来自日本的祝岛，就是徐福当年寻求'长生不老药'的地方。"

迟鸣一时还未反应过来，对方接着冒了句迟鸣从未听过的话："就是我们那里的猕猴桃！"

迟鸣一下惊呆了。

徐福东渡日本寻求"长生不老"药的故事早在中学历史课上就学过，可谓人人皆知，但是，从未听说"长生不老"药是猕猴桃。

从秦山岛归来，迟鸣带着"求知欲渴"的心情来到日本朋友下榻的宾馆。

日本朋友的讲述不仅解开了"长生不老"药的迷，还知晓了徐福在日本的许多传说和故事。

在日本至今保留着徐福的许多遗迹和传说。徐福登陆时的"浮杯岛"，传说当地人设酒相迎。徐福饮后投桁水中，表示对新地的投契，不料水杯浮于水面，冉冉朝海中飘去。不久，该处现出一座小岛，人们叫它"浮杯岛"，至今小岛仍然屹立海中。

富士町古汤温泉的"温泉之神"故事也十分有趣。

当年迎接徐福的原住民酋长设宴款待徐福，并让自己的掌上明珠女儿阿辰陪席。不料，席间俩人产生了感情。但是，徐福身负重任，无法眷念儿女之情，便赠所携宝剑而别。后来，阿辰郁郁而死，当地乡民为其塑像建祠，称为"阿辰观音"，同时还将徐福和阿辰合像，为"徐福夫妇"，尊为"温泉之神"。"温泉之神"至今屹立在富士町古汤温泉乡。

最为有趣的是，日本家族自称是徐福或秦人后裔的大有人在。曾任日本首相的羽田孜卸任后，专程前往徐福村，公开声称自己是秦王朝的后裔。他的先人都以"秦"为姓，直到明治维新时才改为日本话的"羽田"。在日本语中"秦"和"羽田"的发声相同。直到现在，日本还有以"秦"为姓的人。

当迟鸣问起"长生不老"药和"猕猴桃"时，来自日本祝岛的朋友笑着解释说："日本传说中的'不死之药'也就是中国人说的'长生不老药'"。在日本古籍中名为"千当"，大小如核桃，汁浓味甘。传说食后千年不死，闻一闻可增寿十年。祝岛位于濑户内海，被九州、本州、四国三岛环绕，人烟稀少，探寻不易，十分神秘。其实，就是当地产的'野猕猴桃'。'野猕猴桃'营养价值高。当年是人们寻求的珍贵食材，如果把它当作'长生不老药'有些夸张和可笑了。"

听完日本朋友的讲述，迟鸣收获多多，十分感激地说："谢谢你们的讲述，中日人民之间的友谊源远流长！"

考查归来后，迟鸣在采访日记里写道："徐福东渡日本的意义深远。他把一个身处蛮荒世界的民族，带进了一个先于他们几百年的文明之中。秦始皇是中国历史上第一位海洋探险的组织者，也是历史上第一位立志征服海洋的探索者。作为航海者，我们应谨记这段历史和他的功绩！"

# "摸手贸易" 的航海家

    姜澍是第二次来到印度的卡利卡特港。

    第一次远航来到这里，得知 600 多年前"三宝太监"，郑和七下西洋首航来到的就是这里。许多华侨对来自祖国的轮船备感亲切，纷纷登轮看望，姜澍十分感动。

    再次来到这里，正值郑和下西洋 600 周年纪念日，当地华侨举行了隆重的纪念活动。

    这天，一位年过古稀、双目失明的老华侨在儿孙的搀扶下来到船上。他一边用手摸这摸那，一边呐呐地说："这是来自'摸手贸易'航海家老家的船吗？"

    这句没头没脑的话引得姜澍如同丈二和尚摸不着头脑，心想："摸手贸易"的航海家是什么意思呢？

这位老华侨是明朝移民的后裔，祖上家族还有随郑和七下西洋的船员。

老人如数家珍地讲起了"摸手贸易"航海家的来历。

600多年前，郑和率领62艘远洋航船，从中国的长江口缓缓驶出。宝船大的是长44丈4尺，宽18丈，一砣足有11米长，锚碇也有千斤重。没有二三百人一齐协力，锚和舵休想动弹半分。船只分工严密，"马船"载马，"粮船"载粮，"坐船"载人，"水船"存淡水，"战船"用于作战。宝船载满了金银、瓷器、绸缎、茶叶等物，以便换回国内需求的香料、象牙、珍宝。

船上载有精选的近3000多名来自各地的经验丰富的船员。

船队经过中国的东海、南海，经过占城(今越南中部地区)、爪哇、归港，穿过马六甲海峡，又经苏门答腊，最后到达了印度半岛的古里(今印度卡利卡特)。

古里国王头戴金冠，身披五彩衣，骑着大象在王宫前迎接远道而来的客人。仪仗队一手持刀，一手握盾，柳笛四起，鼓声阵阵。脸上涂着油彩的歌舞队边唱边舞，场面十分热烈。

在豪华的王宫，郑和向国王赠送了瓷器、丝绸、茶叶等礼物，国王回赠了象牙和香料。

临开航前，郑和在国王的建议下，参加了当地一项特殊的贸易活动："摸手贸易"。

"摸手贸易"那天，场面十分隆重，国王骑着大象亲自临场主持。

"摸手贸易"是当地货物交易的一种传统形式。贸易双方把货物样品摆在选好的交易地点，彼此先观看货物，然后逐一议价、报价。但是，议价和报价都不用语言，而是把手伸到对方袖子里摸手指；卖方用手指标价，买方用手指还价。

摸来摸去，直到价格议好为止。这时，国王会在双方手上各击一掌，表示成交。无论赚赔均不能反悔。最后，在合同上签订好数量和交货日期。

当地人习惯称这种贸易称为"摸手贸易"。这里的人是用手指和脚趾计算数目的，迅速，准确，毫厘不差。

郑和参加当地的多次"摸手贸易"，十分熟练。当地许多人记不起这位来自中国航海家的名字，都习惯称他为东方的"摸手贸易"航海家。

华侨老人最后说："'摸手贸易'航海家的名字在当地传了几百年。如今，来自中国的船还习惯被称为来自'摸手贸易'航海家家乡的船。"

华侨老人的话，姜澍十分感慨，同时也有些惭愧。作为一名远洋海员，又是郑和云南昆明的老乡，对伟大的航海家郑和知道的太少，希望有机会补上这一课。

事情十分凑巧，姜澍回国休假期间，正值"海员日"。人们在南京近郊牛首山郑和墓前举办了一个特别的讲座：话说"三保太监郑和的家史"。

姜澍有幸参加了这次活动。

为了备好资料，姜澍"翻箱倒柜"查询史料，终于找到了一个鲜为人知的"秘史"：郑和家族最后的"哈只"。

讲座上，姜澍的"秘史"引起与会者的热烈反响。会后，全文刊载在《航海名人家史录》上。

郑和出身在云南昆阳一个伊斯兰教家庭，祖父和父亲都是虔诚的伊斯兰教徒。他原名叫马和。按照伊斯兰教规，一切有条件的教徒，一生中必须到麦加朝觐见一次；朝觐过圣地的人被尊称为"哈只"，意思是"巡礼人"。

麦加位于沙特阿拉伯西部塞拉特山区一个狭窄的山谷里，是伊斯兰教创始人穆罕默徒的诞生地。

郑和的祖父和父亲都是地道的"哈只"。

郑和出生不久，赶上元明两朝的改朝换代。明朝的君主朱元璋收复了云南，郑和被掳掠到南京，成了明四皇子的奴仆。这年，郑和 12 岁。不久，父亲因病死去。原定要在朝圣路上跋涉终生的郑和，在无情的战乱中绝望了，他失去了成为"哈只"的机会。

就在郑和十分绝望时，他侍奉的四皇子朱棣夺取了皇位。由于郑和在争权斗争中，表现出了超人的组织和应变才能，深受朱棣皇帝的器重，破格升任"内宫监太监"。明朝官宦机构分 12 监，主管叫太监。由于郑和字三保，人们在内宫都亲切直呼其字："三保太监"。

由于当时皇宫里有条"马不能登殿"的戒语，所以 朱棣皇帝亲自写了个"郑"字赐给郑和。从此，"马和"变成了"郑和"。

永乐皇帝朱棣坐镇后把目光转向"西洋"时，郑和七下西洋的命运就注定了。按史书记载，永乐皇帝派遣郑和下西洋，初衷是去寻找"争权"斗争中失踪的侄儿——建文帝。传说建文帝由福建泉州出海逃亡西洋。无论如何，郑和七下西洋，在政治、文化、经济上都在中国乃至世界航海史上写下了浓浓一笔。

郑和已年过花甲，一天他又站在宝船的船头。从永乐三年（1405 年）至今过了 25 年多，六下"西洋"，如今已经鬓发斑白，老态龙钟。望着波涛滚滚的大海，他要去实现自己人生的最后一个梦想：朝觐圣地——麦加。

郑和开始了七下西洋的航程。

船队经过马六个海峡，印度半岛，穿过麦德海峡，沿着红海北上，终于抵达了麦加。

每年，伊斯兰教历 12 月 8 日～13 日，朝圣的伊斯兰教徒从世界各地奔赴这里，参加庄严的朝觐活动。

郑和来到麦加的克尔白神殿，殿中墙壁上镶嵌着一块黑色石头，传说是先知穆罕默德的"圣石"。

郑和手摸"圣石"，口中念念有词："真主啊，我们来朝觐，我们把颂誉归于你和你的国度，唯一的真主，求你赐福！"

郑和成了家族中最后一个"哈只"。

不幸的是，在宣德八年（1433年）返航途中，这位伟大的中国航海家悄然离开了人世。

在南京附近牛首山墓地，他的一小撮头发埋于此，据说是他留给后人的唯一"实物"纪念。

「摸手贸易」的航海家

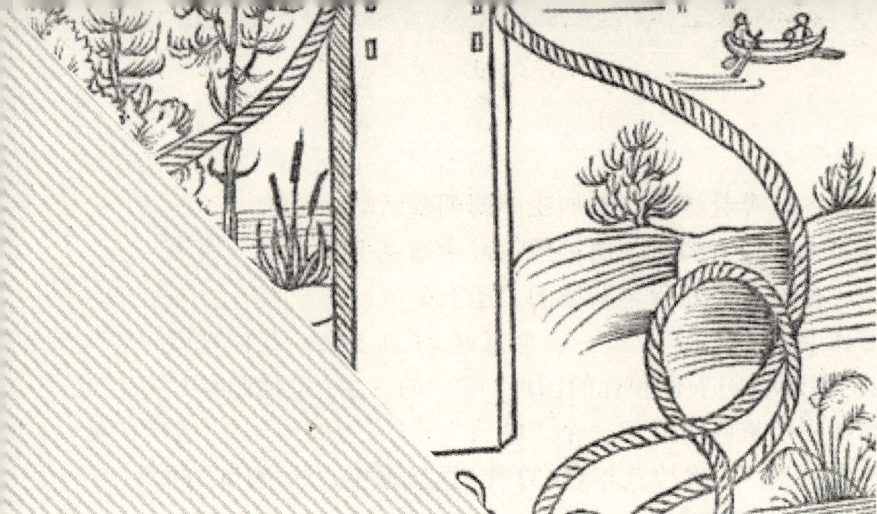

# "海味"的"总统邮票"

浦汐获奖是意料之中的。

海员工会举办的海员"集邮大奖",水手长浦汐带有浓郁"海味"的邮票获得了特别奖,受到参与者的热捧,在网上一路走红。

浦汐爱上"集邮"是在航海学校开始的。利用业余时间,他搜集了大量国内外邮票。踏上远洋海轮后,带有"海味"的邮票成了他主要的猎取对象,这缘于他参加的一次不寻常的远航活动。

那是浦汐上船的第二年,浦汐随"泰和海"轮来到澳大利亚悉尼港。此刻,澳大利亚正举行纪念詹姆士·库克船长发现澳大利亚 220 周年庆祝活动。

悉尼海德公园的詹姆士·库克巨大铜像前，聚集了大量来自世界各地赶来参加活动的人们。

200多年前，英国船长詹姆士·库克奉命率船队寻找东方大陆，在无功而返的途中意外发现了澳大利亚所属的海湾："植物学湾"。他因此而一举成名，被英国皇家封为"终身船长"，成为最早发现澳洲大陆的航海家。

庆祝活动热闹而庄重。当天还发行一枚印有詹姆士·库克塑像的纪念邮票；巨大塑像背面的蔚蓝大海上飘有一艘多桅帆船。"海味十足"！这枚邮票立刻引起初涉海洋的浦汐的格外注意和兴趣。

浦汐费了许多波折，终于将这枚带有"海味"的纪念邮票"收入囊中"。他从此一发而不可收，凡与航海有关的纪念邮票，如葡萄牙发行的纪念首次发现好望角、有"好望角之父"美誉的迪亚士的邮票，纪念意大利航海家哥伦布发现美洲新大陆的邮票，纪念环游世界的葡萄牙探险家麦哲伦的邮票等等。不久前，纪念郑和下西洋580周年的纪念邮票，浦汐也想法设法弄到了手。

浦汐成了航海界收藏"海味"邮票的"大鄂"和领军人物。

然而，一则突来的消息使浦汐寝食难安，一位集邮好友带来一个"惊天动地"的新闻：美国最近发行了一枚"海味"特足的纪念邮票，上面人物是大名鼎鼎的美国首任总统华盛顿。

对于浦汐来说，这无疑是则"爆炸性"新闻：难道闻名世界的华盛顿是位航海家或与航海有关？浦汐翻阅许多图书和资料，都没有找到答案。

不甘心放弃的浦汐决心弄个"水落石出"。

功夫不负有心人。得到这则消息不久，在家休息的浦汐主动放弃了假期，登上了一艘远航美国的"探求者"号远洋货船。

"探求者"号来到美国西海岸的旧金山。

浦汐找到了船舶代理行的华裔林豪先生。十分凑巧，林豪也是一位集邮爱好者。

林豪不仅给浦汐找到了这张纪念邮票，还讲述了与这张邮票有关的故事。

18 世纪中叶，英属北美殖民地的弗吉尼亚州威斯特摩兰县有个名叫乔治的小男孩。

小男孩从小就对外边世界充满好奇。14 岁那年，他对家人说："我要当一个漂洋过海的水手，那样可以去许多新奇的地方，看到各种各样的新鲜事，说不定还能当上船长呢。"

乔治的哥哥认识一位船东，船东的船正要驶往遥远的英国，并同意带乔治远航，船东还教乔治如何成为一名优秀的水手。

乔治的叔叔听说乔治要远航出海，极力反对。乔治的母亲更是舍不得年幼的儿子。

但是，乔治已经下定决心，非常固执。乔治母亲虽然舍不得，却没有强迫儿子顺从自己。

终于，到了船要出海的日子。

"再见了，妈妈！"乔治站在甲板上挥手向母亲告别。此刻，母亲那慈祥的面孔久久地注视着小乔治。她深情地说："再见了，我的宝贝"。

这时，乔治看见母亲的眼里涌出的泪水顺着脸颊流淌，他心如刀割。

乔治站在船舷边，前面是他向往已久的大海，身后是恋恋不舍的母亲，乔治犹豫了。

追梦远航

就在最后一刻，乔治毅然转身，大声对母亲说："妈妈，我听你的，留在你的身边！"乔治慢慢地走下轮船。

乔治虽然未能远航，走下了轮船，但是他热爱航海、渴望远航的愿望没有消失。他阅读了大量的航海书籍和航海家的传记，极大地丰富了自己的人生阅历和知识。

这位男孩，就是后来的美国总统乔治·华盛顿。

早年的航海知识和航海家传记给了他勇气和力量。

乔治·华盛顿领导美国人民击退了外国入侵者，平息了内战，被美国人尊称为"国父"。

人们在乔治·华盛顿纪念日，根据华盛顿年幼时那些难忘感人的经历，制作了一枚以大海轮船为背景的纪念邮票。

这枚《轮船总统》的邮票，成了浦汐邮票的珍品，被他小心地收藏着。

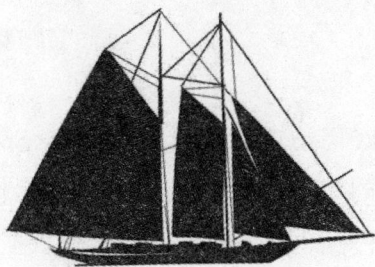

# "神秘航程"的舵手

新中国成立后,被公开称为"神秘航程"的远航仅此一例。

说它"神秘",是因为它装载的"货物"十分特殊。这批特殊的"货物"除了运送这批"货物"的船长外,船上几乎无人知晓。

这位船长的经历与这批"货物"同样充满了传奇色彩。他是新中国培养的第一代船长,参与打通南北航线的第一次试航,亲自组织了中国第一艘集装箱船的首航,第一个以《海商法》与国外打官司维护权益而获胜的企业家,也是新中国航海学校自己培养出来的第一个远洋公司总经理和共和国交通部长。

"神秘航程"的舵手到底是谁？

1971年的深冬。

一艘悬挂五星红旗的巨轮在雾色苍茫中缓缓驶出南方大港湛江。

雾色中，航船"望亭"两个中文大字时隐时现。"望亭"轮拖着白色航迹，向大洋深处驶去。

这艘悬挂五星红旗的"望亭"轮实行了少见的静默航行，不发任何电报，也不按常规报告"船位"。

几天后，这艘神秘的巨轮途经新加坡。按常规平时都要在新加坡加油加水补充物资，但是，这次却违反常规，开航前已备足了物资和油料。

绕过新加坡，直航非洲，一路上这艘"神秘"的巨轮哪里都没有停靠，它经马六甲海峡进印度洋直奔好望角。

好望角地处南非，在大西洋和印度洋交汇处，著名的世界四大风暴区。从南大西洋形成的风暴，强劲周期性地前移并横扫"好望角"。这里，经常是"云翻一天墨，浪卷半空花"，风暴使这里成了航海者的梦魇之地。

"神秘"巨轮的船长，面对眼前的滔天巨浪，镇静自如，毫无惧色。

几年前，这位"神秘"巨轮的船长，驾驶"红旗"轮首航欧洲途径比斯开湾时已经显出了"英雄本色"。

比斯开湾位于大西洋东部，为法国西部和西班牙北部沿海怀抱的海面，向大西洋敞开，是从东方去欧洲的必经海域。

"红旗"轮首航欧洲途径这里时，这个著名的风暴区十分"客气"：风平浪静，完全没有号称"海员坟墓"的恐怖和感觉。有的海员甚至说："恐怖的故事是杜撰出来的吧。"

作为"红旗"轮船长没有掉以轻心，按照安全规章的要求他做了充分的准备。几天后，"红旗"轮开始了返航的航行。

"红旗"轮离开德国汉堡经北海直插英吉利海峡，次日凌晨驶进了比斯开湾。

这次，"海员坟墓"就没有那么"客气"了。

早餐后，一份紧急的"大风警报"递到船长手里。

船长健步走上驾驶台。

顷刻，船舷东南角，水天相连的海平面上，陡然出现一条直冲天空的黑云，黑云自下而上呈漏斗状，上面的喇叭口越来越大地张开，天要变了！

船长发出全船总动员令："迎战风暴！"

不久，眼前的天空被硕大的黑云覆盖，海空一片漆黑。海面上发出阵阵呜呜的哨声，冰冷的海浪劈天盖地压向船舷。

"红旗"轮宛如一叶扁角，在墨黑墨黑的大洋里颠簸逃离。

人们纷纷奔向驾驶台。

此刻，他们不禁发现：船长两脚叉开，手握望远镜如同一尊"铁柱"稳稳立在那里，神态自若、心静似水！

人们的心安静下来。

"红旗"轮的不少船员与船长"同舟共济"多年：在东海茫茫的浓雾中，相遇对面来船，仅几米距离"擦肩"而过；在冬季风暴肆虐的渤海湾曹妃甸锚地装煤，狂风巨浪几乎把船压进水里；在黄海，满满的煤舱舱盖被巨浪掀飞，海水随着巨浪涌进煤舱……

作为船长，他指挥若定，像座"海神"一般带领大伙儿战胜了一个又一个狂风恶浪、暗礁浅滩。

"红旗"轮在比斯开湾单边横摇达42度并持续了32个小时，这在中国航海史上是罕见的。

船员们不禁竖起了大拇指："永不退缩的舵手！"

经过二天二夜的拼搏，"望亭"轮驶离了"好望角"，顺利抵达目的港几内亚，靠上了一个十分偏僻简易的码头。

"神秘航程"结束了，人们翘首以盼"神秘"货物的亮相。

此刻，一名当地的军官走进船长室，向船长敬了一个军礼，连声说："辛苦了，谢谢！"

在双方的监督指挥下，"神秘"货物终于露面了：几十箱封存完好的铁箱，从货舱夹层中搬上岸边的卡车。码头旁，枪兵林立，戒备森严。

这时，船员才知道，这些大铁箱里装的是货币——几内亚法郎。

原来，历史上的非洲遭受多次殖民主义统治，几内亚也不例外。1958年，几内亚终于摆脱了葡萄牙的殖民统治，宣布了独立，但是不幸的是又被一个超级大国控制。为摆脱控制，新当选的几内亚总统塞古·杜尔拒绝了超级大国的要求，从而使经济基础薄弱的几内亚陷入了瘫痪。特别是国家的命脉——金融更是危急。

由于当时几内亚没有印制货币的条件，货币全由超级大国控制，此刻几内亚成了"乞丐"无法生存。

这时，杜尔总统把目光转向了中国，并派其弟秘密来中国求援。中国满足了他的要求，在中国印制了新的几内亚法郎。

最后，这批"神秘"的货物交由中国远洋公司"望亭"轮运往几内亚。

担任这次"神秘航程"的舵手，是中国航海界大名鼎鼎的钱永昌船长。

钱永昌出身于上海一户普通家庭，从小受到航海传奇作品的熏陶，立志做一名远洋海员。1950 年，他高中毕业顺利考上了当时国际上声誉很高的航海高等学府——吴淞商航专科学校(今大连海事大学)。

吴淞商航专科学校为我国培养了大批优秀的航海人才，"神秘航程"的舵手钱永昌就是其中优秀的一员。

# 消失在大洋里的国王

"星月神"号船员业余生活十分丰富；打牌下棋，赋诗唱歌等成了船员必修的业余"功课"。

这是大副古琰的功劳。

海上孤寂单一的生活，使曾在公司工会工作的古琰感到不是滋味：他要让船员活跃起来！

古琰的倡议赢得大伙的响应，从此经常"斗地主""杀二盘"，败者要讲一段航海的故事，作为"惩罚"。

大厨潘斌斌是被"处罚"最多的一个。一次"斗地主"连连败阵，讲得斌斌唇焦口燥，嗓子都哑了。

这天，"星月神"号来到地中海东岸的一个港口。船员充分利用休息的空间，大台里的扑克牌"啪啪"声此起彼伏。

这时，大副古琰凑了过来。平时，由于工作关系，古琰很少有空参加活动。但是，每次参加几乎都是胜者，今天不知何故连连被"斗"倒。

　　在旁观战的船长剑波眯着眼笑，连声说："有意思。"

　　好容易成为胜者的潘斌斌，举着双拳，兴奋地说："这回轮到你讲故事啦！"

　　大副古琰好像早有准备，说："好，就讲个发生在这里的故事。题目叫'消失在大洋里的国王'。"

　　古琰在上"星月神"号之前，曾在这里做过公司的航运代表，对这里的历史比较熟悉，还在《环球航海》上发表多篇文章，介绍过这里的航海历史。

　　"就从这里的腓尼基人说起吧。"古琰呷了口茶，润了润嗓子说："古时候，人们称这里的人为腓尼基人。腓尼基人是天生的航海民族。"

　　"腓尼基人？！"潘斌斌不禁叫了起来："没听说过。"

　　"对，腓尼基人，世界上第一次环绕地中海航行的就是腓尼基人。"古琰一板一眼地讲了起来。

　　"腓尼基"在希腊语中是绛红色的意思。当年，地中海沿岸的埃及、巴比伦以及希腊的贵族和僧侣都喜欢穿绛红色的长袍，但是，只有腓尼基出产的衣料光清亮丽，永不褪色。所以，人们把生活在地中海东岸、善于染织绛红色衣服的民族称为腓尼基人。

　　大副古琰有声有色地讲述着，周围下棋、打扑克的船员都围了过来。

　　早在公元前，腓尼基人就出现在塞浦路斯岛。那里简直成了世界的航海基地，制造了极好的探险船，驶出了当时被称为"世界尽头"的直布罗陀石柱，南下西非，北上英吉利，完成了对整个欧洲的发现。

"腓尼基人真不简单！"潘斌斌听得两眼直直的。他问道："是他们发现了整个欧洲？"

"对，一点不错。"大副古琰望着大伙聚精会神的样子，继续说："一天，埃及法老尼科二世，把腓尼基的航海家们召进王宫，说：利比亚（指古代非洲）的四周好像频临大海，只有部分与亚洲相连。要是你们从江海出发，环绕'利比亚'航行，通过直布罗陀海峡，驶进地中海回到埃及，我将重重有赏你们。"

腓尼基人出发了，用的是三艘双层划桨船，每艘船配有50多名划桨手，从江海直穿曼德海峡进入亚丁湾，沿着非洲海岸继续朝东驶去。突然，他们驶进一个波涛滚滚的陌生海域。经验丰富的腓尼基人知道，这是传说中的"南海"，现在叫它"印度洋"。他们赶紧调整航向，沿着非洲海岸向前划行。

不久，他们发现太阳不再从对面升起，而是展现在船的侧面。当时指南针还未发明，航海人只得靠太阳和星星判定方向。他们判定船正驶向西南方。

这时，炎热的天气变得凉爽，为船舶导航的北斗星也消失在地平线下面。

腓尼基人紧张了，想把北斗星唤出来，将太阳神请回头顶。一切都失败了，只有大海的涛声越来越大。

接着，一场突如其来的风暴压向船队，两条小船被海涛吞没。剩下的一艘船躲过了风暴，继续朝前航行。

此刻，粮食和淡水所剩无几。正当人们绝望中，忽然发现太阳又渐渐移到了头顶，久别的北斗星也从地平线上钻了出来。

终于，他们来到一条爬满鳄鱼和河马的河口，那里还有成群结队的长毛猩猩。

腓尼基人确定他们到了塞尔加尔河口。不久，他们穿过了直布罗陀海峡，回到了他们熟悉的、期盼已久的地中海。

从红海出发围绕非洲航行一周，腓尼基人历时三年，创造了航海史上的奇迹。他们受到了埃及国王的欢迎和嘉奖。在我们知晓哥伦布、麦哲伦这些伟大航海家的同时，也不要忘记勇敢的腓尼基的航海家！

大副古琰讲到这里有些激动，说："今天，我们'星月神'号来到这里，就是让大家记住这些勇敢顽强的航海者。"

一阵热烈的掌声使餐厅气氛顿时热闹起来。

掌声过后，潘斌斌突然站起来问："消失在大洋里的国王呢？"

谁知，大副古琰把手指向身旁的船长剑波，说："这个故事是船长讲给我听的，现在欢迎船长给大家讲。"

船长剑波没有推辞，讲了一个同样发生在非洲的航海故事："消失在大洋里的国王"。

在非洲，另外有位杰出的航海探险家——马里国王阿尔巴卡里二世。

13世纪中期，非洲西部的马里帝国逐渐强大起来。马里重要城市廷巴克图（今译通布图），不仅是非洲最大最繁荣的商贸中心，还是当时非洲最先进的科学文化研究中心。

阿尔巴卡里二世继位后，把目光转向了西方一望无际的海洋。他相信，在茫茫大洋的彼岸，一定有富饶的疆土和财富。

　　1310年，阿卡巴卡里二世下令组织了一支庞大的船队，驶向茫茫的大西洋。但是，过了很长时间，只有一位船长活着回来；飚急的洋流把所有船只冲走了，他自己的船经历了九死一生才幸免于难，再也没有其他船的消息。阿尔巴卡里不甘心失败，又组织了一支庞大的船队。把王位暂时交给了弟弟，亲自登上远航的帆船，在庄严豪迈的军乐声中起航了。

　　但是，这支由国王亲自率领的船队，从此没有了音讯，永远消失在茫茫大西洋里。有人说，船队被大洋的风暴掀翻；有人说，这些冒险家被沿途岛上的原住民杀害。

　　这是世界上唯一消失在大洋里的国王，也是一位伟大的航海探险家！

　　船长剑波讲到这里，午饭的铃声响了。

　　饭间，船员纷纷议论："平时不善言谈的船长，讲了一个使人难忘的故事，一定是事先与大副商量好的。"

　　船员们猜中了。船长和大副这段"双簧"是事先约定好的；讲航海历史故事是船长提出大副支持的，作为船上领导应该做个表率吗！

　　不久，介绍"星月神"号讲航海历史活动的文章刊登在《远洋航海》杂志上，受到广大船员的热捧和好评。

# "吃遍天下"大厨

"海星"号大厨庞博原是京城京华食苑的掌勺，有贵族血统，他祖父是清廷御膳房的挂牌御厨。

几年前，庞博与人合伙开了一家"船餐厅"，这家餐厅位于京城龙潭湖附近。"船餐厅"起源于明清时期的官宦人家，口味特殊，厨艺高超。

船餐厅外型和内部装饰都形似龙舟，以宫廷菜为主，主打山珍海味，生意十分火爆。

一天，船餐厅来了一群远洋船员，除对船餐厅的装饰、风格、标识感到惊艳外，对国外美食也赞不绝口。特别是一位号称"海上厨王"的船上大厨把国外的美食说得天花乱坠，并说挪威奥斯陆的船餐厅才是真正的海味餐厅。

说者无心，听者有意。这使一贯自信的庞博来了情绪；世人还有比本家餐厅更吸引人的菜肴？！

庞博准备随船远洋，外出看个究竟。

没费吹灰之力，庞博来到"海星"号远洋货船上做了大厨。

庞博开始了环球"寻食"大旅行。

"海星"号开始在亚洲各国港口来往穿梭。在日本的大阪港，一桌闻名于世的"河豚宴"使庞博大开眼界：设有榻榻米的雅堂里，数小款陶瓷餐具，配以全跪式小姐服务，优雅而别致。

河豚宴是八道菜。第一道是河豚鳍泡的清洒。第二道为前菜是凉拌河豚皮；松脆而韧性的河豚皮切成细丝缀以生姜和麻仁，瞬间满口辛香。压席的第三道刺身之菜，是晶莹剔透的生河豚鱼片，配以各种佐料，满嘴回味无穷。接着是熏烤豚白——精巢和炸豚膏，是河豚取肉后留下的碎骨架拖粉团糊软炸而成。再下去是河豚鱼火锅，满锅不见半点油花，清香可口。最后是河豚鱼片煲汤，配上日式泡菜。

到韩国的仁川港时，正值韩国的美食节。韩国的泡菜是美食节的主角。"海星"号原来的大厨朴成哲是地道的韩国人，正在家里休假。

庞博来到朴成哲家里。朴成哲家的院落和阳台上摆满了大大小小的泡菜坛子。朴成哲介绍说，泡菜是韩国最主要的菜肴之一。韩国泡菜的种类和美味，超出一般外国人的想象。

没来韩国前，庞博印象中韩国泡菜仅是辣白菜，听了朴成哲大厨的介绍大开眼界。

朴大厨说，韩国的泡菜有3000多年历史，在中国的《诗经》里出现的"菹"字就是泡菜。韩国人认为这是世界上最早记载泡菜的文献，说明中韩之间文化的交流源远流长。泡菜在腌制中产生大量乳酸菌，人们可从中吸取必要的营养成分。

看着庭院里大大小小泡菜坛里各式各样的菜蔬，庞博感慨地说："不出来不知道，世界真是太大太奇妙了！"

"海星"号离开韩国，来到澳洲的著名港口——布里斯班。

来布里斯班前，庞博早就听说过澳大利亚是厨师眼中的美食天堂。

澳大利亚的餐桌上，几乎覆盖了世界各国的美食：越南的鱼鲜，意大利的腊肠，中国的熏肉，黎巴嫩的野鸡，还有来自北非、印度、马来西亚和地中海的调料，号称"modo2"（现代澳大利亚菜肴），等等。

在布里斯班码头边的市场里，一排溜的美食销售桌像艺术展台一样，牡蛎、牛肉、野鸡、鸭胸、鱼片、牛排等琳琅满目。特别是那些带有"血丝"的牛排，令人难忘。厨师在烤炉上翻动着吱吱冒烟的牛排，边烤边跳着舞蹈，使人的嗅觉和视觉同时受到诱惑。

初次来到澳大利亚的庞博，边看边思索：自家的"船餐厅"也要走向世界。

"海星"号从澳洲驶向了欧洲。

船先停靠在德国的汉堡港，这里的美食让庞博有些失望。

德国人喜欢肉食，尤其是香肠。德国的"国菜"就是酸卷心菜夹满香肠。菜以酸咸为主，烹饪以烤焖、串烩为主。不过，德式的生鲜、烤杂肉、肉肠和蒸甜饼等菜肴已进入中国，在庞博的船餐厅里有了一席之地。

"海星"号离开德国驶进了法国的马赛。

庞博不仅是位烹饪高手，还对世界饮食有所"研究"。上船前就知道法国是个美食大国，奶油巧克力和酒烹嫩炸鸡名扬天下。

庞博亲自品尝了这些美食，还目睹并品尝了号称"美食之王"的法国黑松露。

黑松露又叫作"块菌"，在烹调界有"黑黄金"之称，珍贵程度可与黄金媲美，有"一克黑松露一克黄金"之说。

黑松露都长在橡树根部。据说发现这种奇特食材的是野猪，野猪极喜欢这种食物。人们发现黑松露所含的特殊物质世上罕见，被称为"食中之王"。

离开法国，"海星"号来到了挪威的奥斯陆港。这里就是船员所称赞的，世上最负威名的船餐厅所在地。

此时，正值夏季。北极圈内奥斯陆气候宜人，游人如织，大大小小的船餐厅生意十分火爆，各式各样由渔船搭建的船餐厅在码头边星罗棋布。

船餐厅的招牌菜是火蒸鳕鱼。鳕鱼是经过三年腌制的老咸菜。咸味为主，蒸前在清水中浸泡 24 小时，彻头彻尾去掉咸味后大火蒸煮，然后用过油的培根、煮过的土豆与咸鱼共同入盘，吃起来满嘴喷香。

船餐厅的各类海鲜均是原滋原味，与"土乡土色"的渔船餐厅十分协调。挪威人不好咸味，淡淡的鲜香充满了奥斯陆海岸，简朴而原始。

"海星"号离开奥斯陆时，人们逗趣地对庞博说："远航学到的东西端上你的船餐厅，顾客会挤爆棚的！"

庞博边整理材料边回答说："美洲和非洲还未沾过边，我要吃遍天下美食，再回到陆地。"

从此，庞博有了"吃遍天下"大厨的美称。

追梦远航

# 烟斗上的"鲁滨逊"

"《鲁滨逊漂流记》你读过吗？"

阅读有关航海故事的书籍是童瞳从小养成的习惯。《麦哲伦环球航海》《哥伦布发现美洲新大陆》《老人与海》，特别是《鲁滨逊漂流记》使他废寝忘食，读了一遍又一遍，到了痴迷的程度。

这天，童瞳随远洋货船"发现者"号来到英国一个港口。听说离港口不远有座临海的名叫约克的城市，是"鲁滨逊"的家乡。

城里有个专门经营航海书籍名叫"烟斗"的书店，是以"鲁滨逊"烟斗命名的。

这消息使童瞳兴奋不已。

利用休班的空档，童瞳与同船的钟海连忙赶到这家书店。书店在一个僻静的小巷里，门面不大，里外挤满了人。

书店里陈列着有关航海的书籍，琳琅满目，令人目不暇接。

书店门前的招牌上画有一只大烟斗，烟斗上还写着一个人的名字：塞尔柯克。

"塞尔柯克？！"钟海是刚上船不久的实习水手，不禁问道："为啥不叫'鲁滨逊？'"

对于"塞尔柯克"这个名字，童瞳十分熟悉。

"塞尔柯克是鲁滨逊的原型，一位来自苏格兰的水手。"童瞳解释说："一次远洋途中，塞尔柯克与船长发生了激烈的争吵，最后离船而去，被遗弃在距智利500多里的苏南德岛上。这是一座无人的荒岛。"

钟海十分佩服童瞳的航海知识，眼不眨地听着童瞳讲述。

童瞳继续介绍说"塞尔柯克在荒岛上生活了四年零四个月，才被英国著名的航海家罗克斯船长营救。塞尔柯克随罗克斯船队回到了英国。罗克斯根据塞尔柯克在荒岛上的离奇经历，写了部《环球巡航记》，记载了塞尔柯克四年多的荒岛生活。"

没料到，罗克斯这部《环球巡航记》引起了当时著名作家丹尼尔·笛福的关注和兴趣，最终以《环球巡航记》主人翁塞尔柯克为原型写了部长篇小说《鲁滨逊漂流记》。

"原来'鲁滨逊'是塞尔柯克的化身！"钟海终于明白了烟斗上的秘密，又问道："为什么叫烟斗书店呢？"

童瞳一时语塞了。

他们进到书店想弄个明白。

店员告诉他们，店主正在筹建"鲁滨逊纪念馆"。

"鲁滨逊纪念馆"设在塞尔柯克故居。

他们赶到"鲁滨逊纪念馆"，还未等他们迈进院门，就被一位老者挡在门外。老者听说是来自远方中国的海员，又是《鲁滨逊漂流记》的忠实读者，热情地将他们迎进院里。

老者名叫约翰，烟斗书店的店主。

院内布置得十分奇特：用木头和羊皮搭盖的两间小屋，大间有张用树皮和渔网做的"睡床"，床头挂着用羊皮制作的"衣服"，床上放着一本《圣经》，小屋是用来做饭的厨房。

约翰见童瞳他们惊异的样子，说："这是按着当年塞尔柯克在荒岛住处原样搭建的。塞尔柯克也就是人们说的'鲁滨逊'，在这种环境里生存了四年多！"

"真的难以想象！"童瞳感慨地说："在荒无人烟的孤岛上生存了那么长时间。"

"塞尔柯克在岛上最初的八个月，心情十分忧郁和恐惧，甚至想过自杀。"约翰介绍说："直到饥饿不能再忍受时才捕杀一只山羊。后来逐渐适应了这种生活，情绪也慢慢稳定下来。"

童瞳和钟海边参观边听约翰老人介绍："当罗克斯船长发现塞尔柯克的时候，他赤着脚比狗跑得还快。罗克斯船长派了几个跑得最快的人，带着猎狗帮助塞尔柯克捉山羊。谁知，狗和人都被他拉下好远，疲惫不堪。塞尔柯克却扛着捉到的山羊悠闲自在地回来了。"

童瞳忽然发现屋前一棵挺拔的树的树皮上，密密麻麻刻着许多字。

"平时，塞尔柯克喜欢与小羊和小猫嬉戏，还用刀子把自己亲人名字和小羊、小猫的绰号刻在树皮上。高兴时还唱赞美诗读'圣经'呢！"约翰高兴地侃侃而谈。

这座特殊的"纪念馆"使童瞳和钟海受益匪浅。

最后，童瞳问起了烟斗书店的来历。

约翰没有直接回答，离开鲁滨逊纪念馆直接返回烟斗书店。约翰取出一只用盒子装着的烟斗，才揭开了这个谜底。

原来，约翰的曾祖父正是当年塞尔柯克所在船的船长，与塞尔柯克发生激烈争执后，性格暴烈好胜的塞尔柯克毅然离去，被遗弃在荒岛上。离船时，除了船长送给他的火药，随身只带了一把烟斗。

几年后，塞尔柯克被救。《鲁滨逊漂流记》使塞尔柯克名声大噪。与当时的船长——约翰的曾祖父重逢时，俩人悲喜交加，老船长几度哽咽。

塞尔柯克紧紧拥抱住船长，并安慰说："没有那次吵架离别，就没有今天的'鲁滨逊'！"

说着，他将随身携带四年多的烟斗送给老船长说："当作纪念吧！"他还在烟斗上写下了自己的名字。

一晃100多年过去了。这只烟斗传了几代人，也感动了几代人。

为了纪念那次难忘的经历，约翰开办了以"烟斗"命名的航海书店，并在塞尔柯克故居附近筹建了鲁滨逊纪念馆。

# 甲板上的乡愁

　　"远东太阳"号的船员第一次看到倔强的赖航船长流泪了。

　　"真是太感人啦!"

　　赖船长边流泪边把一封用塑料袋封好的信放进口袋。

　　事情发生在美国西海岸的西雅图港。

　　"远东太阳"号来到西雅图,正值中国传统的中秋佳节前夜。

　　当地华侨闻讯成群结队来到船上,带来了礼品和祝福。

　　有的在甲板上边走边喊:"船上有没有广东老乡、浙江老乡?"

当他们寻到老乡时，眼泪不禁夺框而出，有的还拿出了保存了几十年小时候带的银锁、奶奶缝制的肚兜儿、家乡传统的刺绣等。

其中，一位双目失明的老人，在亲友的陪伴下从船的前甲板到后甲板，用手摸了个遍，口里还不断地念叨着："终于盼到家乡的船啦。"

场面十分感人。

当地华侨登轮参观的活动，一直持续到"远东太阳"号离开西雅图回国。

就在"远东太阳"号即将离开西雅图当天，一件使赖船长流泪的事情发生了。

船刚解开系缆，一位长着褐色眼睛的美国妇女，领着一双黑眼睛的中国少年急匆匆赶到船旁。

船缆已经收进缆车，船开始移离码头。

此刻，这位褐色眼睛的美国妇女不顾一切地冲过熙熙攘攘的欢送人群，一边摇着手中的塑料袋，一边高喊着："请把这个带给船长！"

人们终于把这个塑料袋拿上了甲板。

赖船长打开塑料袋，里面是封写给船长的信。

赖船长一口气读完了这封信。平时十分严肃倔强的他不禁热泪盈框，喃喃地说："真是太感人啦！"

这封令赖船长感动万分的信的内容很快传遍了全船，大伙一致认为这是"远东太阳"号上最感人的乡愁。

写这封信的人，正是这位褐色眼睛的美国妇女，名叫凯莉，是两个孩子的妈妈。女儿米拉继承了她和丈夫的褐色眼睛和金色头发；儿子却是个黑眼睛，地地道道的中国小孩。

凯莉是位手语翻译，丈夫是个聋哑人，米拉是个听力正常的健康小孩。

女儿米拉出生不久，凯莉开始为她寻找一个年龄相仿的兄弟，希望是个聋哑儿。

几年前，凯莉和丈夫不远万里来到中国一家福利院。

20 世纪中期，中国对海外开放儿童收养以来已经成了世界最大的送养国之一，有数万名中国儿童被美国家庭收养，绝大多数是先天残疾或出生时患有严重疾病。

凯莉的夫妇在福利院的帮助下收养了一名被遗弃的男婴，他名叫龚龙，患有双耳极度感音性耳聋。

凯莉的丈夫为龚龙起了个手语的名字，平时用手语与儿子打招呼，聪明的龚龙手语学的很"溜"，能用手语与家人和邻居顺畅交流。

一家人过得融洽欢乐。

一晃几年过去了，龚龙完全适应了西雅图的家庭生活。

一天，凯莉拿出龚龙小时候在福利院的照片，对着龚龙，一边用手比画着照片，一边说："你爸爸妈妈在哪里？"

龚龙似乎明白了什么，抬头望着远方，眼里充满了期望的泪水。

凯莉和丈夫决定寻找龚龙的亲生父母。

可是，这个愿望没有实现。寻找弃婴的父母不是件容易的事情，况且龚龙还是个残疾儿。

一晃又过去了五年。

这年圣诞节的前夜，医生向凯莉宣布了一个坏消息：龚龙被查出患有罕见的遗传性疾病——遗传性耳聋·色素性视网膜炎综合征，又称"乌谢尔综合征"，患者在几年后会完全失明。目前，医疗技术对此病还无能为力。

凯莉全家陷入了极度的痛苦中。

凯莉决定让龚龙失明之前，用自己的眼睛亲自看一下自己的亲生父母。

漫长的寻亲路又开始了。

由于相距遥远，虽然经过多次努力，结果却让他们失望。

望着渐渐长大的龚龙，凯莉全家十分焦急。

此刻，龚龙却没有绝望，站在阳台上望着远方，默默地说："会找到爸爸妈妈的。"

这天，"远东太阳"号来到西雅图。听说"远东太阳"号来自龚龙的家乡，于是，凯莉写了这封求助信，希望得到船长的帮助和支持。

赖航船长拿着这封求助信，心里沉甸甸的，这是他远航几十年最感人的故事，最激动人心的"乡愁。"

赖船长决定完成这个特殊的任务。

回到家乡，发邮件，打电话，并通过媒体联系到了当年弃婴接案的派出所，还找到了最初发现龚龙的小区保安。

由于年头过久，线索又断了。

就在这时，转机出现了：一名记者联系到了当地一家儿童听力筛查诊断中心。

一名老医生终于找出了当年龚龙的病例。病例上清楚地填写着患婴父母的联系电话。于是，他们打电话给患婴父母。十分凑巧，电话的对方正是龚龙的亲生父母。

　　"远洋生活是孤寂的，也是丰富多彩的。它给人许多知识，也给人许多启发和教育。我选择了海员职业终身无悔。我爱航海，我爱海上生活。"

　　找到龚龙亲生父母的当天，赖航船长在日记里，郑重地写下了以上几句话。

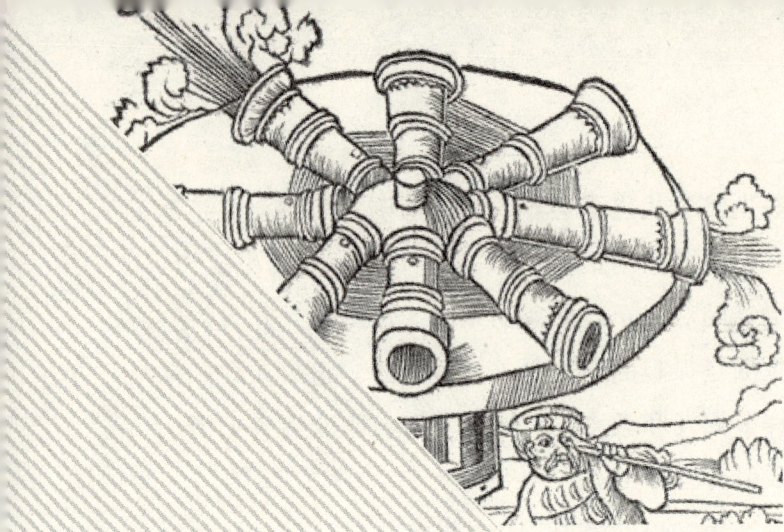

# 海上"哥德巴赫猜想"

一位网友以"求索"的网名在网上发了一段微信，立刻引起网民的一片哗然：有点赞的，有否定的，甚至有谩骂的。

一位叫"天堂来客"的说："天堂里的人要找船长评个理，他们太委屈了。"另位"天南海北"指出："当时的环境船长也是无可奈何的。""血口鲨鱼"甚至骂起来："船长太没有人性，要算账！"

火爆一时的微信，引起一位媒体人的注意，他叫艾敕。

艾敕几经周折，找到了名叫"求索"的网民。

没想到，这位叫"求索"的网民是他高中的同窗史弢。

高中毕业后，俩人先后考入了大学。史弢进入了一所航海院校，艾敕成了大学的文科生。

几十年过去了，史弢成了远洋船长，还是海员作家协会的会员。艾敕是个媒体撰稿人，国内小有名气。

老友相聚，相谈甚欢，但是，更多的是关于微信的事情。

史弢将发在微信上的资料来源和前因后果做了详尽的介绍。

艾敕十分感兴趣地听完史弢的讲述，连声说道："这是个海上'哥德巴赫猜想'。"

俩人高中时就是学校的数学天才，有"数学学霸"之称。

最后，艾敕决定把这篇《海上"哥德巴赫猜想"》全文发表在一家刊物上。

这篇文章引起了航海界的高度重视。为此，有关部门专门召开了一个研讨会。会议认为，这个在特殊历史条件和环境下船长作出的决定是可以理解和原谅的。

会后，每个参会者都拿到了这篇轰动一时的作品《海上"哥德巴赫猜想"》。

作品的主要内容是这样的。

20 世纪 90 年代末，一位白发苍苍的老人，在美国加利福尼亚州的长滩码头，颤颤巍巍地爬上一艘由客轮改装的海上旅馆。

老人曾是这艘超级客轮的水手，名叫约翰·亨利。

这艘超级客轮就是号称"海上皇宫"的英国邮轮"玛丽王后"号。

第二次世界大战期间，"玛丽王后"号改装成了大型运兵船，每次远送兵力达 2 万人，可谓"海上巨无霸"。纳粹德国不遗余力要摧毁它。

为隐蔽防身，除配有巡洋舰防航外，"玛丽王后"号全身涂满海天色，游弋在大洋深处。

"玛丽王后"号被人们称为"灰色幽灵"。

"灰色幽灵"多次躲过纳粹飞机潜艇的追杀阻截，先后行程百万千米，运送80多万盟军官兵，立下了赫赫战功。

但是，不幸的是，这艘战功显著的"灰色幽灵"在一次执行任务中，与一艘负责护航的巡洋舰"库拉克"号相撞。"库拉克"号被拦腰折断沉入海底，船上的338名官兵永远葬身大西洋洋底，酿成了"二战"史上最惨重的海难事故。

据当年英国媒体《英格兰人》报道：1942年2月10日下午，"玛丽王后"号行驶在爱尔兰北部沿海大约30多千米处。这里是纳粹飞机和潜艇频繁出没的海域。为防不测，"玛丽王后"号以30海里的高速行驶着"之"形航线。不料，匆忙中，"玛丽王后"号驶进了护航巡洋舰"库拉克"号的航道。

"库拉克"号是艘老式的轻型巡洋舰，排水量只有4200吨。为防止"玛丽王后"号遭受纳粹飞机轰炸，改装成了防空巡洋舰，紧随"玛丽王后"号左右。此时，"库拉克"号也以每小时26海里的高速行驶。由于事发突然，两船躲闪不及，发生了猛烈的撞击。

这是力量悬殊的海上碰撞。"玛丽王后"号像把利剑直劈"库拉克"号左舷。"库拉克"号像西瓜般被切成两半。"库拉克"号船长发现情况危急，下令官员弃船逃生。

初冬的大西洋北部海水已经冰冷刺骨，严重地威胁着"库拉克"号逃生的官员生命。"玛丽王后"号只受了点轻伤，不影响航行和施救。

但是，让人意想不到的是"玛丽王后"号并没有停下来对落水者打捞救助，而是照原航向快速行驶。

追梦远航

事后，"玛丽王后"号船长承认：当时"玛丽王后"号也很想停下来营救为自己护航的"库拉克"号，也完全有能力营救落水的官员。但是，这里是非同寻常的海域，纳粹的飞机潜艇随时会出现。一旦"玛丽王后"号遭到空袭和潜艇攻击，后果将不堪设想，船上 2 万多条生命将面临灭顶之灾。在这紧急关头，巡洋舰"库拉克"号的 400 多人的生命相比运兵船"玛丽王后"号的上万官兵，孰轻孰重，一目了然。最后，船长选择了"弃小保大"的策略。

　　最终，"玛丽王后"号把 2 万多官员安全送上了反法西斯战场。

　　海上救助是海事公约和法规明文规定的。

　　"玛丽王后"号船长的辩解在航海界引起很大争议。专家们有的从法律条款，有的从当时现场判断，有的通过两艘船型尺寸、船速计算施救的可能，甚至有的数学家应用数学公式分析施救的几率。

　　由于事件发生在战争年代的特殊环境，它作为航海史上的悬案被记入史册。

　　多少年来，"玛丽王后"号事件吸引了众多专家学者研究的兴趣，但是都没有什么进展和结论。

　　人们称它为海上的"哥德巴赫猜想"。

　　亨利作为当年"玛丽王后"号上的水手，目睹了当时发生的一切，只是海上"哥德巴赫猜想"至今没有任何答案和结果。

　　亨利凝望着远方的天空，朝大海深深鞠了一躬，是对死难者的怀念，还是对未能及时援救落水战友的自责？

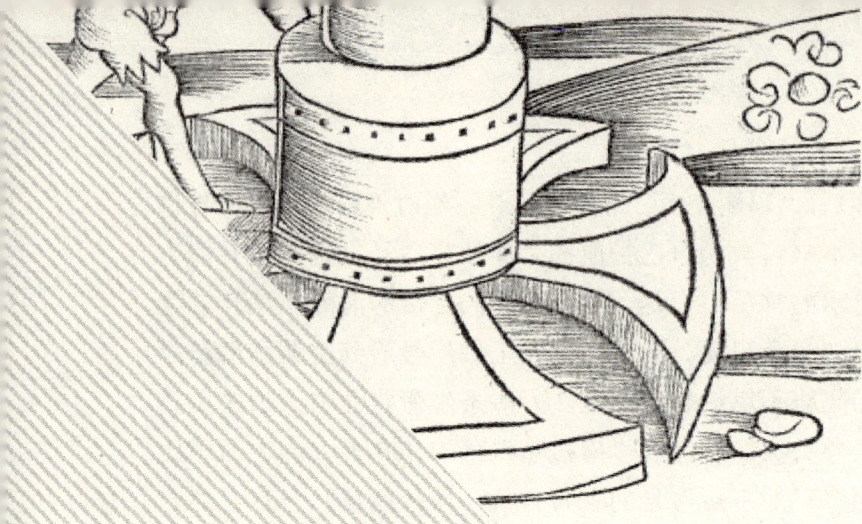

# "全天候"的"非常日记"

　　"海豚"号报务员候骏被人们誉称"全天候"报务员。他常年坚守在海上,在几十年的航海生涯里,无论何时何地、何种情况,"全天候"的保障着船上通讯畅通无阻。

　　上船实习的海校学生俞若欣,除佩服"全天候"的业务和敬业精神外,听说"全天候"有本特殊的"非常日记"。

　　据说,"非常日记"非同一般,里面记载了许多鲜为人知的海上知识和故事,是"全天候"几十年航海生涯的主要收获,知名的网站、"泛海"的报纸杂志都给"非常日记"上留有"痕迹。"

　　一天,俞若欣利用余闲敲开了"全天候"的舱门。

　　"全天候"是位"外冷内热"的老海员,爽快地拿出那本厚厚的"非常日记",深情地说:"写了几十年,有些事还历历在目！"

俞若欣回到舱房，一口气读完了这本厚厚的"非常日记"。

这一夜，俞若欣辗转难眠，稀奇古怪的故事，如此无法解释的"迷团"、难以相信的景象等，时时出现在俞若欣眼前。

这里只选择两篇供大家欣赏。

## 又一个"百慕大三角"

6月27日，晴，海上轻浪，一轮明月高悬在桅顶。

"海豚"号来到地中海一个神秘的海区——意大利本土，南面是西西里岛，东方为科西加围成的三角区。

最近，这个海区被海员称为又一个神秘的"百慕大三角"。我从报房走上驾驶台。

天色已暗，海面平静如银，一片宁静的景色。"这难道就是人们述说的又一个"百慕大三角吗？"我的心有些忐忑不安。

想起了不久前，一份航海杂志登载的报道。

报道中说，不久前有两艘远洋拖网渔船及一艘排水量近2万吨载有30多名船员的货轮在此消失。

首先遇难的是远洋拖网渔航"莎娜"号。它正在另艘拖网渔船"加萨奥比亚"号不远处布网作业。

"加萨奥比亚"号当天曾用无线电向公司报告"莎娜"号的位置和动态。

但是，天刚破晓，"莎娜"号突然失踪了。

"加萨奥比亚"号立即将"莎娜"号失踪的消息报告有关部门，并请求飞机前往搜救。

不久，一架直升机抵达出事上空。怪事出现了，"加萨奥比亚"号也失踪了。

直升机连忙用无线电通知即将驶入该海区的船只，加强瞭望，注意周围环境。

这时，货轮"伊安尼亚"号接到报告三小时后抵达该海区。直升机因燃料短缺返回基地，把"伊安尼亚"号的动态报告了主管机关。

次日清晨，三架海岸巡逻队直升飞机抵达该海区。海面风平浪静，没有任何东西，连浮油、碎片和救生艇都没有。"伊安尼亚"号也消失得无影无踪。

报道说，不到 24 小时，三艘船在此海域先后神秘失踪。想到这里，我的心里还在蹦蹦直跳。

我将当天的天气预报交给了在驾驶台跟班的基米船长。基米船长是位意大利人，航海经验丰富，遇事沉稳老练。

基米船长看完天气预报，命令全船提高警觉，加强防范；指示驾驶员注意海空的情况，并说："1980 年 6 月，一架 DC—9—15 型客机从意大利博洛尼亚起飞，前往西西里岛的巴勒莫。起飞时间为晚上 8 时，预计飞行时间一个半小时。机上载有 81 名旅客和 4 名机组人员，半小时后，飞机突然与机场失去联系，消失的区域就在这个神秘的海区。"

这一夜，我一直坚持在驾驶台，眼睛一直盯着异常平静的海面。

第二天，"海豚"号终于平安无事地驶出了这个神秘的海区。这是我远洋生活中，永远不会忘记的航程。

新的"百慕大三角"在我心中永远是个谜！

追梦远航

# 风的故事

5月10日，晴，无风。

不久前，收到儿子的来信。

今年，儿子将要高中毕业，准备报考航海院校，我支持儿子的选择。

儿子小时候，每当我远航归来，总要我讲海上的故事。

也许故事里最多的是"惊涛骇浪"，听久了，儿子总以为海上是个到处刮大风的世界，"无风不起浪嘛"！

这是个错觉。

今天，我们就来到赤道的无风带。

海面平静得像一面镜子：太阳的光环、月亮的影子都在船边转悠。

记得儿子小时候带他放风筝，遇到春风荡漾，风筝被吹得很高，儿子把手拍得通红："好风，好风。"当在无风的旷野，人们牵着风筝拼命奔跑，想让风筝腾飞起来时多盼望一阵风啊！

这与常年在海上奔波的海员一样。遇到无风的海区总希望吹来一阵风，那怕是微风细浪，那该多么惬意、多么过瘾！

记得有一年，我们航行在北纬30度海域。这里是有名的无风带，几乎几个星期没有风"光临"，船像在镜子上航行。

船长说，这个海域叫作"马纬度"，并讲了这个名称的来历：

在古帆船时代，每条帆船驶进这个海域，都要等上几个星期大风才来临。帆船没有风，如同风筝无风一样无能为力。

在哥伦布发现美洲大陆后，欧洲人把大量马匹从海路运到这里来。但是，每当载运马匹的帆船驶入北纬 30 度这个无风带时，帆船只好在此停留下来。时间一长，船上的马匹就断了草料和淡水，一个个被活活饿死、渴死，被抛进大海。久而久之，船员们把这一带称为死亡的"马纬度。"

后来，趁着航海区域的扩大，人们发现不仅北纬 30 度有无风带，南纬 30 度地区也有无风带。最终，人们将马纬度改为"回归线无风带。"

讲到这里，船长见大伙对"无风带"的一脸无奈，又讲了个相反的故事："信风"的故事。

话说早在 1479 年，哥伦布发现太平洋的马德拉群岛附近常年刮着一股强劲的东北风。这一发现使哥伦布产生了开辟到达美洲的航路——从西班牙向南，先到大西洋的加那利群岛，再朝西南方向行驶。当抵达加那利群岛后，帆船在此突然因无风而停止不前，就在万般无奈之际，一股洋流将帆船漂移到了马德拉群岛附近，一阵阵疾速的顺风将帆船推向了西方，进入了风浪滚滚的大西洋。哥伦布首次完成了从欧洲到美洲的航行，历时 30 多天。

1493 年，哥伦布第二次远航美洲，他利用这个"救命"的风区，选择了更为理想的航向，仅用了 20 天就完成了整个航程。

后来，聪明的英国海员利用哥伦布发现的这股"救命"风到美洲进行贸易，人们称这种风为"贸易风"。

"贸易风"风力稳定强劲，是帆船理想的动力，在帆船时代，对发展海上贸易起了很大作用。

因为"贸易风"的方向很少改变，后来人们戏称它为讲信义的"信风"。

# 永不消失的风帆

今天，是翁帆教授的生日，也是他执教 50 周年纪念日。

翁教授的亲朋挚友和在校学生，把会议室挤得满满的。

一块大蛋糕上插满了蜡烛，中间竖了杆形似"风帆"的小旗。

这是按翁帆教授的意思特制的。

翁教授原名叫翁远祖，是这所著名航海学校的终身教授，出身在一个富裕的家庭，父亲是浙江一带著名的企业家。

解放前，一个偶然的机会，翁帆考上了世界著名的航海学校——英国皇家海军学院。

英国皇家海军学院是所要求严格、训练刻苦的专业航海学校。

从小瘦弱的翁帆克服了许多困难和波折。一次海上训练时，他不幸摔伤了腿。

父亲知道后，劝其退学返回故里，继承父业。

翁帆进退两难。

就在这时，一个轰动英国乃至世界的事件，不仅让翁帆留了下来，还使翁远祖改名为翁帆。

这是个什么样的事件呢？

埋藏在翁帆教授心里的半个世纪的"秘密"，今日终于"真相大白"。

事情发生在第二次世界大战期间。

主角名叫彭林，一名来自中国海南岛的年轻水手。

这年，彭林刚满 25 岁，在一艘英国货船"斑莱门德"号上做水手。

一天，"斑莱门德"号刚刚驶离开普敦港不久，不幸被潜伏多时的纳粹潜艇击沉。

彭林穿着救生衣爬上了一个小小的木制救生艇，开始了孤独漫长的海上漂泊。

救生艇上除了一块帆布风帆、几筒饼干、一罐淡水、几发照明弹和一支手电筒外，没有其他物品。

彭林精心地盘算着：每日三餐，每日二块饼干、几口淡水。这种生活顶多维持个把月。

彭林渴望来自海上的营救。

但是，每次机会都错过了。一次，一艘货船从他身边"擦肩"而过。另一次是架标有美国国旗的巡逻机，在救生筏上空盘旋片刻却远离而去。更不可思议的是，一艘纳粹的潜艇发现了他，虽然没有伤害他，仍将他交给命运去摆布。

沮丧、寂寞、饥饿和孤独，困扰和威胁着年仅 25 岁的彭林。

死神几乎随时逼近彭林。

彭林没有退缩，他设法维持生命，自己解救自己。

"我要活下去！"

淡水消耗殆尽，他拆下救生衣上的帆布制成了个小容器，收集雨水；食物断炊，他捕鱼充饥；没有鱼线，他硬是把又粗又硬的缆绳捣鼓成细软的鱼线，用仅剩下的最后一块饼干做诱饵。

鱼儿上钩了，他把鱼肉做成生鱼片，鱼血成了最佳的"饮料"。

一天，筏上晒的鱼片引来了几只贪食的海鸥，彭林想起了小时候鸟窝掏小鸟的情节。他从筏底采来海草码成一个"鸟窝"，把鱼片搁在窝边，海鸥终于飞落下来。

彭林未费吹灰之力，把海鸥捉到了手，吮吸了海鸥的血和内脏的水分，美餐一顿海鸥肉。

为了保持自身的体能和力量，风平浪静时，彭林坚持下海围绕救生筏游泳。大西洋的烈日烤的彭林全身黝黑，活像一位非洲的渔民。

浩瀚的大西洋是鲨鱼的天堂，鲨鱼经常神气活现出现在救生筏的周围。

彭林决定捕捉鲨鱼。

他加固了鱼线，把海鸥的残肉做诱饵。鲨鱼终于上钩了。经过一番厮杀，鲨鱼成了他的"救命恩人"，鲨鱼内脏的鲜血，使他断了水的身体得以补充，割下的鲨鱼鳍成了美味佳肴。

就这样，彭林想尽一切办法来维持生命，与饥饿、恐怖、孤独、死亡……做斗争。

彭林还用"一"和"×"分别代表白昼和夜晚，写在风帆上来计算日子。

时间一天天过去了。

但是，无论风平浪静还是波浪滔天，每天清晨，彭林总是把那惨遭风吹浪打已经千疮百孔的风帆升上桅顶。

风帆给了彭林动力，也给了他希望。

1943 年 4 月 3 日

彭林发现远处海面上有条货船的影子。彭林拼命挥动着风帆，竭力地呼喊着："胜利了！"

货船发现了彭林。

彭林被救上船，并送经坐落在亚马孙河入海口的贝伦港。

此时，彭林已经在大西洋里漂浮了 131 天。

彭林横渡了大西洋，创造了航海史的纪录。

他上岸后，竟无须人搀扶，在巴西稍加休息和治疗后，来到美国纽约。

这位 25 岁的年青水手，受到当地居民的高度赞扬和热烈欢迎。

彭林获得了许多荣誉。英国国王乔治六世亲自授予彭林大英帝国勋章。"班莱门德"号船东把一块镶有铁锚的手表赠送给彭林。美国国会还通过了一项特别的移民法规，欢迎和希望彭林定居在美国。

彭林只身在大西洋漂流了 131 天的惊人壮举，传遍了英伦诸岛，惊动了世界。

　　彭林在海上的拼搏精神和生存方法，被英国海军部印成了小册子《永不消失的风帆》，发至每条舰船和海军学校的学生手里。

　　此刻，在海军学院就读、对自己的前途还犹豫不决的翁帆，拿着这本小册子，心里久久不能平静。那只吹不倒的"风帆"一直在他的脑海里飘扬，"我要为中国人争光。"他终于下定决心。

　　随即他把自己的名字改为翁帆。

　　翁帆坚持在英国皇家海军学院毕了业回到祖国，从一名水手做起，终于成为一名知名的航海家、著名的航海教授。

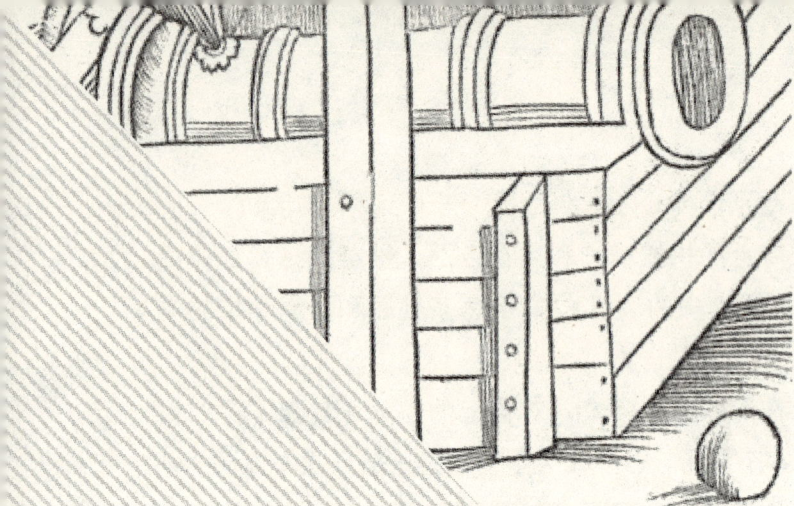

# "面人儿王"的远航梦

这个故事是船员培训中心主任柳澍讲述的。

一天，下班铃声刚响过，办公室的房门突然被人推开，一位中年男子匆匆闯了进来。

"请问，船员培训报名在这儿吗？"

柳澍抬头仔细打量眼前这位莽壮的汉子：中等个儿，休闲裤配着一件海魂衫，头发已经花白，双眼却炯炯有神。

来人焦急地说："听说报名今天结束。我特为从外地赶来，不巧，车误了点。"

柳澍点点头说："对，不过，另个班下周报名，请出示一下身份证。"

看着身份证，柳澍有些迟凝地说："您的年龄……"

"年龄怎么啦，还不到 60 岁就不能跑远洋啦？"

这位闯进来报名参加水手培训的老学员的举动，很快在培训中心传开了："快 60 岁的人还要出海远航，真是怪人！""这下可创下了培训中心的纪录！"

但是，做事认真的柳澍没有"随大流"，觉得这位年近花甲的学员参加水手培训定有隐情。

果然不出柳主任所料；这位"怪学员"名叫王豫西，外号叫"面人儿王"。

"面人儿王"出生在河南豫西一个专捏面人儿的世家，是远近闻名的"面人儿"艺术家，在家乡有个不大不小的"面人儿"艺术馆——"家国瑰宝馆"。

柳澍专程来到"家国瑰宝馆"。

"家国瑰宝馆"几间不大的展室里，陈列着众多神态各异栩栩如生的"面人儿"：科学家，艺术大师，影响世界进展的伟人等，还有种田的农民，放牧的骑手，打渔的渔工，炼钢的工友，令人目不暇接，惊叹不已。

在另外一间展室的门上，有块醒目的牌子："为航海而生的人"。

屋内的橱柜里摆满了大大小小几十尊用彩色面团捏捻而成的航海家面人：下西洋的"三宝太监"郑和，"好望角之父"的海上斗士迪亚士，有发现新大陆的意大利航海家哥伦布，环球世界的葡萄牙探险家麦哲论，"毁誉参半"的英国船长库克，还有中国第一位远洋船长马家骏，享誉中外的新中国航海家贝汉廷……

柳澍在惊叹之余，问起"面人儿王"："怎么会想起做这件事？真是太精彩了！”

“事情源于几个远洋水手的到来。”

“面人儿王”滔滔不绝地讲起建立“为航海而生”展室的前因后果。

几年前的一天，“家国瑰宝馆”来了几名远洋船员。

船员手里拿着一沓航海家的画像和照片，希望通过“家国瑰宝馆”把这些航海家制成艺术品——海员的塑像，以便人们一睹航海家的风采。

这一设想来源于船员们在香港看到的驰名中外的“腊像馆”。

干了半辈子捏“面人儿”的王豫西，第一次与海员打交道，被船员的热情和期盼打动了。

“试试吧！”

俗话说，形似不如神似，这是“面人儿王”祖传的秘笈，也是公认的标准。

“面人儿王”连捏捻了几尊航海家都感到不满意。

最终，“面人儿王”找到了原因，自己是门外汉，对航海一窍不通，艺术来源于生活，自己缺乏航海知识和经验。

“面人儿王”找来一本厚厚的记载航海家传略的书——《为航海而生的人》，认真研读起来。

这本书里记载了航海史众多赫赫有名的人物。人物有了，素材齐了，如何将这些人物塑造的各具特色，是“面人儿王”考虑最多的问题。

终于，“面人儿王”找到了开门的“钥匙”。例如，葡萄牙探险家麦哲伦的远航梦想遭到本国国王的阻挠和嫉妒后不甘心失败，克服重重困难带着一只精致的彩色地球仪，拜见了西班牙国王，终于得到了鼎力的支持。彩色地球仪成了"塑像"的"道具"；麦哲论那充满渴望的刚毅眼神使"塑像"格外逼真传神。发现美洲大陆的意大利航海家哥伦布，在西班牙王后的支持下拿出了私房钱添置了三艘装备精良的多桅帆船。哥伦布站立在三桅帆航船头，饱经苍桑的脸上，一双疲惫的双眼是哥伦布最好的写照。对于发现"好望角"死于"杀人浪"的斗士迪亚士，"面人儿王"脑子一片空白。这时，书中一句话提醒了他："迪亚士有双智慧的眼睛和魔鬼般健壮的体魄。"眼睛和健硕的体魄成了迪亚士的"代名词"。

轮到中国明朝著名航海家郑和时，难倒了"面人儿王"。郑和永乐三年（1405年）受命于明成祖，率领庞大船队出航，先后访问了占城、爪哇、苏门答腊、锡兰和古里等国家和地区，长达28年，彰显了中国古代航海的发达和高超的技术。他最后客死他乡，仅有一束头发和部分衣物运回家乡，葬在长江入海口。远航的帆船和刚毅的面庞都没有"特色"。最后，"面人儿王"为郑和戴上一顶白色小帽——这是伊斯兰教徒的象征，郑和是家族中最后一位朝觐过"天房"的"哈只"，他是地道的伊斯兰教徒。

功夫不负有心人。经过几个月的辛苦劳动，神态各异、形象逼真的航海家塑像终于亮相在远洋海员们面前。

海员们在赞叹"面人儿王"精湛技艺的同时，发现"塑像"少了一位重要人物——发现澳大利亚的英国船长詹姆斯·库克。

还未等海员们提出疑问，"面人儿王"就做了解释："书中对库克船长发现澳大利亚有疑问。专家说，早在 18 世纪 90 年代，就有葡萄牙和荷兰的探险家发现了澳大利亚，库克船长只不过授命南巡，无功返途中意外发现了澳大利亚植物湾的。"

但是，船员们却说：无论如何，库克船长回到英国还是受到了国王的会见并被授于终身船长的荣誉；至今，澳大利亚悉尼海德公园还塑有库克船长的全身像。

最后，"面人儿王"根据船员的建议开始捏制，一座身着笔挺船长制服的库克的"塑像"放进了展览室。

当柳澍提到"面人儿王"为啥要参加海员培训时，"面人儿王"解释："为航海而生的人"展室吸引了众多的参观者，也得到当地政府的关注和重视。有关部门建议能否搞一个"海上丝绸之路"展室，把"海上丝绸之路"所涉及的人物、船舶、地域风情统统用"面塑"的形式表现出来。

根据前阶段塑造航海家的经验，"面人儿王"决定亲自随船沿着"海上丝绸之路"的途程进行万里远航。

柳澍听后十分感动，破格收下了这个特殊的学员。

不久，好消息传来，"面人儿王"不仅拿到了海员培训合格证，还找到了一艘远航东南亚的货船。

人们期盼着一个反映"海上丝绸之路"的面塑馆在不久的将来亮相在"家园瑰室馆"里。

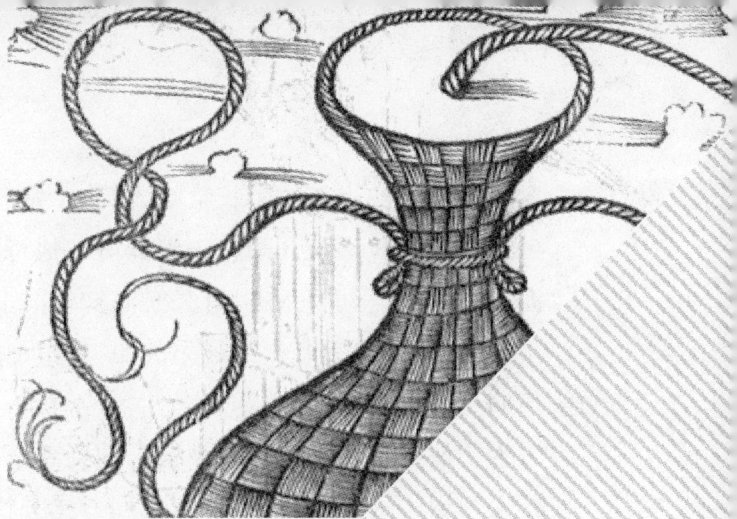

# "酒桶"的意外收获

这天，"凯蒂"号驶经赤道海域。

大厨皮特首次过赤道。按照赤道附近居民的习俗，首次过赤道的海员要举行赤道仪式：赤道附近的居民装扮成各式各样的"小鬼"，簇拥着身着龙袍头戴龙帽的"龙王"，在激昂的锣鼓声中走上甲板，为首过赤道的海员进行洗礼和祈福，并按每个人的特征，由"龙王"为其起个过赤道的绰号。

这是项古老而传统的娱乐活动。

大厨皮特人高马大，还有个圆圆的啤酒肚。"龙王"拍着皮特的大肚皮笑着说："酒桶！"

平时，就对自己肥胖懊恼的皮特一脸茫然和无奈，连声叫苦道："酒桶，酒桶，该死的酒桶！"

站在一旁的米奇尔船长哈哈大笑："好名，好名！"

米奇尔船长幽默开朗、知识渊博，他特意在船上设了间"海上书屋"，里面有许多有关航海知识的书籍。

"'酒桶'是航海史上最早的船'秤'呢！"米奇尔船长大声叫到。

为了解开皮特心中对"酒桶"的疑惑，米奇尔船长专门安排人帮厨，并对皮特说："安心到书屋去找答案啦！"

刚上船不久的皮特还未光顾过近在咫尺的"海上书屋"呢！

终于，被"龙王"称为"酒桶"的皮特，在"海上书屋"里找到了答案。

古时候，表示船的大小方法有两种：货舱的容积和货物的重量。以谷物运输为主的古埃及，用谷物的容积来表示船的大小。地中海沿岸国家对装运酒的船舶，按装多少酒桶来计算。而以装运盐、铅、铜等为主的古希腊、罗马都照货物的重量交纳各种税收。

可谓五花八门，各行其是。

可是，为多装货、少交税船东动足了脑筋，也给船舶安全航行带来隐患。

为了确保航行安全，人们对比重大的货物，为防止过载制定了船舶吃水线。对比重小的轻泡货，不允许向船员住舱和储藏舱室里装。

于是，就有了船舶满载吃水线的产生。

真正使船舶有了"船秤"，还得归功于英国与法国的酒类贸易，这也就是"酒桶"的功劳。

追梦远航

开始装酒的桶大小不一,直到 1416 年之后才逐渐统一起来:容积为 34 立方英尺,这样装上酒的重量为 2240 磅的酒桶得到广泛使用,船舶的大小以能装载酒桶的数量来表示。例如,100 吨的船,说明该船能装 100 个这样的酒桶。

久而久之,2240 磅的酒桶定为一吨,"酒桶"成了船舶的"船秤"。

但是,开始"酒桶"不是唯一万能的"船秤"。北欧许多国家,比如瑞典、荷兰等国,却以一辆马车所截货物来表示船的装载能力。

随着航海和贸易的发展,用一种统一的方法来计算船舶的吨位的呼声越来越高。

这时,威尼斯一位船老大,用船的龙骨长度乘以船宽再乘以船深最后除以 6 的式子来表示船的容积。在英格兰一个所谓的"老木匠",则以船长、船宽相乘再除以 96 来表示船的容积。但是,对装载货物船舶丈量船深和龙骨长十分困难。

直到 1821 年,英国政府提出"吨位的丈量,不应按照目前的装载能力为基础,而应以内部容积为基础"的论断。

这是以酒桶为丈量基础的复活,"酒桶"再次被推上了"台面"。

这种新方法是把甲板长度分为六等分,在这些等分处把深度分成五等分。在这些选定的等分点丈量宽度,算出甲板下的吨位,再与甲板上的吨位加起来,就是船的总吨位。

但是,这个办法推行后,发现比"酒桶"方法丈量的结果大。

1849 年,英国政府再次成立了专门委员会,制定了新的丈量法。

新的丈量法是由该专门委员会主席乔治·穆尔萨姆提出的，被称为"穆尔萨姆法"。

"穆尔萨姆法"是以尽可能丈量船舶的内部容积为目的，包括甲板以下的容积和甲板上作为旅客、货物以及储物间的所有容积。

这种方法很快在欧洲各地兴起。

但是，实践过程中，船员住舱、储物间、燃油舱等不能装载货物。

人们开始把这些不能载货的容积从总吨位上减去，就有了"净吨位"的"亮相"。

1872 年，在伊斯坦布尔专门召开的国际会议上确定了这个新的吨位丈量规则——"穆尔萨姆法"。

在这个新规则执行初期，各国虽然都采用了"穆尔萨姆法"，却各自颁发船舶吨位证书。由于丈量时无差异，相互间承认对方的船舶证书。

"酒桶"规则得到了真正的认可和执行。

1969 年，政府间海事协商组织［后改名为国际海事组织(IMO)］正式确定了"穆尔萨姆法"的法律地位。

"酒桶"在制定船舶吨位过程中的作用至今常常被海员们津津乐道。

"酒桶"皮特的额外收获，成了"凯蒂"号船员茶余饭后的谈资。

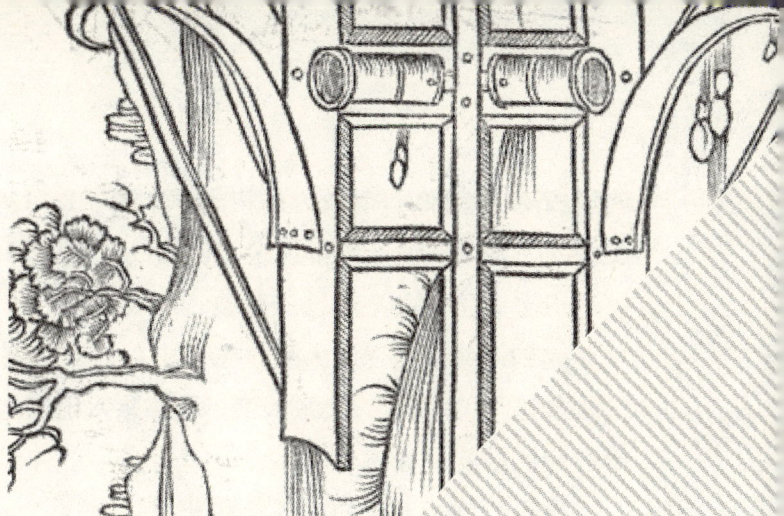

# 《狂人日记》外的"日记"

　　1918 年，鲁迅先生在《新青年》上发表了中国第一篇现代白话小说《狂人日记》，成为了新文学的开山鼻祖。

　　但是，在《狂人日记》之前，尚有一本与文学毫不相干却与大海、舵轮、水手、升火息息相关的课堂讲义鲜为人知。

　　这本名叫"水学入门"的讲义，保存在南京下关码头不远的仪凤门内的江南水师学堂里。

　　江南水师学堂是两江总督曾国荃于光绪十六年（1890 年）奏准设立的，是座培养南洋水师士官的学堂。

　　难道鲁迅先生与江南水师学堂和航海有缘吗？让我们回到鲁迅先生的童年。

　　鲁迅先生出生在浙江绍兴一个衰败的士大夫家庭，原名叫周樟寿，字豫山（后改为周树人，字豫才）。13 岁那年，祖父因科考案发，被光绪帝钦定"斩监候"（相当于"死缓"）。

周家为此变卖家产设法营救。

此刻，父亲又忽患大病，家道中落。

鲁迅 16 岁那年，父亲长逝，周家坠入困境，鲁迅因此受到社会的岐视和冷遇。

鲁迅看到了人世间的苍桑和悲凉。

一天，鲁迅在《知新报》上看到一幅帝国主义列强瓜分中国的地图："亲闻国危"，这给了鲁迅极大的刺激，使他深深忧虑着国家的安危。"走异路，逃异地，去寻求别样的人们。"

当时，在鲁迅家乡衰落的读书人家子弟常走两条路：学做幕友或商人。

鲁迅不愿意走这两条路，想进新办的学堂读书。

但是，由于学费昂贵而未能如愿。恰巧，此时他的叔祖周椒生在南京的江南水师学堂做监督。这所学堂是官办洋务学堂，不仅不需学费、伙食费，每月还发津贴。鲁迅决定报考江南水师学堂。

这个出格的决定引起鲁迅封建大家庭的不满，认为"这是走投无路的人，只得将灵魂买给洋鬼子"，要加倍地奚落和排斥的。

鲁讯决心已定，全不理会；"面对各国列强用海军侵略中国的强盗行径，中国人要当个好海军来保卫家园。"

光绪二十四年（1898 年），鲁迅离开了故乡绍兴来到南京。

他在下关码头下了船，来到不远处的仪凤门前。江南水师学堂高耸入云的桅杆和大门柱上两排字匾令鲁迅惊叹不已：一边写着"中流砥柱"，一边写着"大雅扶轮"。

鲁讯的叔祖周椒生把他安排自己住房的后屋。

周椒生是以举人资格担任学校管轮堂监督的。他思想守旧，认为周家子弟进学堂"当兵"不论不类，在家谱上难以"下笔"，决定把鲁迅的本名周樟寿取名"百年树人"的典故，改为"周树人"，让他用此名报考。

江南水师学堂初建时设有驾驶、管轮两门学科，每科学生 40 名。光绪十九年(1893 年)又增设了鱼雷学科，并增添鱼雷艇四艘。

学堂的课程除汉文外，设有航海、机械、天文等科目。

鲁迅考入了江南水师学堂第四期管轮班。

学堂的课程枯燥无味，毫无新的内容，特别是汉文，完全是八股文。

鲁迅开始对这座学堂感到失望。

在这所培养土官的学堂里，唯一使鲁迅感兴趣的是"可爱的是桅杆……因为它高，乌鸦喜鹊，都只能停在它半途的木盘上。"此时，专业培训就是爬二十丈高的桅杆，桅杆下面顺着网，一点也不危险。平时爬到一半就下来。考核时必须爬到桅杆顶。在顶上"可以近看狮子山，远眺莫愁湖"。

最使鲁迅感到无助和失望是这所名叫"水师"的学堂不让学生学游泳。

早先，学堂有个游泳池，是训练学生游泳的，一次淹死了两名年幼的学生，学校当局立马将游泳池填平，并在上面修建了一座小型关帝庙，想靠"伏魔大帝关圣帝君"来镇压两个淹死鬼，每年祭日还请和尚前来念经驱魔，荒唐至极。

鲁迅对这座水师学堂深感不满，幼小心灵里播下了叛逆的种子。

一天，学堂来了新教习，派头很大，傲气十足。一次上课点名，他把一名叫沈剑的学生叫成了"沈钧"，引起鲁迅和同学们的哄堂大笑。第二天，鲁迅和十几个同学被连记二小过、二大过的处分，如果再记一小过，就要被开除。

在当时的水师学堂被开除不算什么大事情。鲁迅本来对自己被分配在管轮班就不满意。因为学堂存有强烈的地域观念；限制福建籍外的学生学习驾驶，而使他们"永远上不了舱面"。

如此黑暗的学堂，鲁迅不愿再学习下去，他做个"好海军"的报国梦破灭了。

这年十月，鲁迅离开了江南水师学堂，考入了江南陆师学堂所设的矿路学堂，结束了仅半年的航海训练生涯。

这本鲜为人知的讲义，让我们了解了这位现代伟大文学家追寻航海梦的点点滴滴。

# "鲨口余生" 的船长

最近，一个名叫"海上天堂"的网站进行一次测试：海上哪些事件最能引起你的兴趣，"幽灵岛"、"海底人"、"神秘的魔鬼大三角"、忽隐忽现的"鬼船"还是神出鬼没的"海盗"？

没有想到排在首席却是"鲨鱼"。

这源于一本《鲨口余生》的书，作者是位名叫史迪威的远洋船长。

一次海难中，死里逃生的史迪威游到一个鲨鱼密布的荒岛边。

望着四周张着血口露出利齿的鲨鱼，史迪威认为必死无疑。

谁知，鲨鱼不但没有伤害他，还簇拥着把他"护送"上岸，直到史迪威安全爬上岛边的礁石，鲨鱼们才摇头摆尾恋恋不舍地离开。

史迪威获救后，开始搜集鲨鱼救人的资料。

研究资料证明，近几年千余起鲨鱼袭人事件绝大多数安然无恙，与世间传说的"大部分致命"大相径庭。

这个结论，顿时引起一场轩然大波。

史迪威进退两难。就在这时，一份杂志登载了美国佛罗里达州立大学一名女大学生被鲨鱼救助的消息，坚定了戴维斯继续探索的决心。

史迪威辞去船长职务，专心研究鲨鱼袭击人的真相。

经过多年潜心钻研和调查，史迪威船长澄清了许多鲨鱼袭击人的真相和误传的谬论。

《鲨口余生》瞬时畅销全球。

这天，随船实习的航海学校学生姚航来到美国西海岸西雅图，立刻买了这本向往已久的书。兴奋之余，他把这一消息发短信给远在航海学校的老师。

老师希望姚航回国后，能把书带到学校，让校友们一睹为快。

谁料，未等姚航踏进国门，史迪威船长应邀前往中国参加一个国际性的专题研讨会。

会后，史迪威参加了一个记者座谈会。

面对记者的长枪短炮，史迪威坦然地回答着记者们的提问。

"每年全球有百余起鲨鱼袭人事件，其中大部分是致命的，这是真的吗？"

"错了。调查统计证明，全球'鲨鱼袭人'事件，每年不足30起，死亡率只有10%～15%。"

　　"大部分袭人事件发生在水深不超过5英尺的浅水区。"

　　史迪威停顿了一下说："这个数字只对海滩边游泳的人而言。根据《鲨鱼袭击记录》，离岸越远越容易遭到鲨鱼的袭击。"

　　"鲨鱼只会在狂怒的情况下才攻击人。"

　　"只有4%的情况是这样，"史迪威肯定地说，"80%的情况下，鲨鱼离开时只袭击个别人。"

　　"鲨鱼袭击个别人的同时，也会袭击周围的人吗？"

　　史迪威笑了笑说："一般不会。鲨鱼习惯于选择一个人作为袭击对象，而不会理会其他人，所以救援者的风险很小。"

　　"鲨鱼发动进攻前，"一位女记者插话说，"先围着被袭击者转圈圈？"

　　"鲨鱼在观察被袭击者是否对它有威胁。"

　　"什么是威胁？"女记者追问道。

　　"比如打扰了鲨鱼的求偶，侵入了它的'领地'，切断了它的退路，"史迪威解释说，"被袭击者惊慌失措的呐喊和逃窜，都会对鲨鱼产生'威胁感'。"

　　"有伤口流血的人多半会成为鲨鱼袭击的对象？"记者争先恐后地提问着，场面十分热烈。

　　"海中任何化学反应都会引起鲨鱼警觉。不过，微量的血不会引起鲨鱼发狂。调查证明，鲨鱼袭击后立刻离开，任凭牺牲者流血。"

　　一位来自《航海》杂志的记者，忽然提到20世纪美国新泽西海岸发生的一连串的鲨鱼袭人的事件，说："这一事件后，人们进行了空前的猎鲨行动。"

"后来，经过仔细勘察和推敲，鲨鱼冤枉了，因为这个海湾鲨鱼从来不光顾。由于人们对鲨鱼的误解，把所有罪名都归罪于它了。"

还是那位女记者，突然提高了嗓门站起来说："船长先生，海难后面对凶残的鲨鱼是如何脱身的？"

"当时精疲力竭，面对开着血盆大口的鲨鱼感到十分恐怖，只有紧闭双眼等待鲨鱼的摆布，"史迪威有些激动地说，"没想到，鲨鱼没有丝毫伤害自己的意图。两只鲨鱼在身边转了几圈，然后一左一右拖住我的双臂朝岸边游去。待我爬上岸礁，鲨鱼才恋恋不舍地离去。"

"简直是奇迹！"全场一片喧腾和掌声。

接着，史迪威又讲述 20 世纪发生在瓦鲁阿图马拉库拉岛，一名叫罗莎琳的美国佛罗里达州立大学女大学生被鲨鱼救助的故事。

"一般情况下，鲨鱼不会主动伤人。有经验的海洋科考人员和潜水者，遇到鲨鱼都会'心平气和''若无其事'，与鲨鱼和平共处。"

座谈会开得热烈紧张，与会者受益匪浅。

姚航虽然未能参加座谈会，但他是个幸运儿。在归国的机场上，他见到了将离境的史迪威船长。

在姚航那本《鲨口余生》的扉页上，史迪威船长写了："神奇的海洋，勇敢的海员 史迪威 2010 年 8 月·北京。"

# 王宫里的特殊客人

1860 年的秋天。在豪华的白金汉宫，英国维多利亚女王破例单独会见了一位来自海上的客人。

这位客人身着笔挺的船长制服，毕恭毕敬地将一份材料双手递给女王。

女王阅后，起身从座椅上站了起来，缓缓走到这位特殊客人面前，微笑着说："谢谢！"

这种场面，在王宫的历史上实属罕见。

然而，时隔五年，这位破例被女王单独接见的特殊客人，在一所普通的民舍里，用保险刀片割断了自己的喉管，结束了刚满 60 岁的生命。

他是谁？

时间回到 37 年前。

英国一支庞大的勘察船队，刚刚从澳大利亚大规模勘察归来，如今又踌躇满志地驶往南美洲。

带领这支庞大船队的是英国著名航海家菲利普船长。谁知，船队刚刚抵达里约热内卢，船队里一艘名叫"小猎兔犬"号的船长突然自杀身亡。

"小猎兔犬"号船长是位神经脆弱的人，听说船队要去火地岛一带实地测量，他终日愁眉不展忧心忡忡。

人们知晓，涉足这个地区是极其危险的；险峻的海峡，冰山，败血症，刺骨的寒风，滔天的巨浪……还有更让人望而生畏的野蛮土人。

"小猎兔犬"号船长陷入了深度的恐惧之中，觉得成功的希望十分渺茫。

过度的紧张使他患上了忧郁症，在紧闭的舱室里用枪对准自己的太阳穴，扣动了板机。

意外的变故，使"小猎兔犬"号失去了"掌舵人"。

菲利普船长破格提升了 23 岁的海洋测量员菲茨罗伊担任"小猎兔犬"号船长。

当时，南美海岸对航海者还是个谜；密布的礁石和涌动的暗流，屡屡发生的海滩事故，如迷雾般留在人们脑海里。

勘察的航路充满了艰难险阻，勘察从漫长的海岸开始。

菲茨罗伊亲自驾驶小船，带领精干的水手，经过几个月的拼搏，冒着患败血症、忧郁病和险遭翻船的危险，终于摸清了这一带的情况，开辟了新的航路。

回到基地，菲茨罗伊根据实地的勘察资料绘制出大量极有价值的新海图。

这是航海历史上最早最有价值的海图之一，不仅标有暗礁和洋流，还有天气状况标志。

次年，菲茨罗伊重返火地岛，准备开辟一条新的航路，不料，在勘察过程中与当地土人发生冲突。虽然菲茨罗伊没有成为土人的刀下鬼，却失去了几名水手的性命。

为使勘察工作顺利进行，菲茨罗伊开始与土人合作。

在当地土人的协助下，实地勘察工作步伐大大加快；土人志愿充当向导，帮助运输物资。

穿越火地岛的新水道终于打通，取名为"小猎兔犬"水道。

事隔二年，修缮一新的"小猎兔犬"号在菲茨罗伊的率领下，又驶经巴塔哥尼亚湾、麦哲伦海峡、火地岛、福克兰群岛，进入了西海岸，完成了历无前例的海况和气象勘察，写出了十分有价值的气象海况资料。

面对复杂多变的海况和气象，菲茨罗伊驾驶了"小猎兔犬"号感到势单力薄。最终，菲茨罗伊倾其所有购买了一艘大型的纵帆船"冒险"号，并装备了先进的设备。

菲茨罗伊开始了漫长的海上勘察。

经过数年的勘察，菲茨罗伊历经艰辛，多次死里逃生，绘制的海图和有关记录大大促进了航海事业的发展。

菲茨罗伊获得了极高的荣誉：荣幸地参加了皇家学会，获得了皇家地理学会的金质奖章，并代表英国参加在布鲁塞尔举办的世界航海大国会议。他的成就和见解得到人们一致好评："开创了人类气象预报的新纪元！"

回国后，菲茨罗伊在船上安装了测量风速、气压、温度和湿度的仪器，成为世界上第一艘配有这些仪器的航船。

菲茨罗伊提出倡议："每艘航船都应进行气象观察和预报。"

但是，菲茨罗伊的建议起初没有引起人们足够的注意和重视。

1859 年秋，一系列海滩事故大大加速了气象预报的发展。

先是一般澳大利亚矿石船在安格尔西岛遭遇飓风触礁沉没，载有 400 多人倾刻葬身大海；接着在马恩岛附近出现了龙卷风，300 多艘船遇难，近千人消失在滚滚波涛之中。

事故发生后，菲茨罗伊反复查核了当时的气象记录，证明这些反常的天气变化之前都是有先兆的。

菲茨罗伊建议在各地建立气象站，还出了本名叫《英伦三岛的风暴》的书，详尽地阐述了气象预报与灾难的关系。

不久，哥本哈根、登赫尔德、布列斯特、帕莱纳和里斯本等地先后建立了气象站。

菲茨罗伊名声大振。

法国、意大利、德国等国开始加大了天气预报的设施和能力。

人们把菲茨罗伊视为天气预报的创始人，尊为"气象预报的始祖"。

事业的巨大成功，没有使这位享誉世界的"气象预报的始祖"逃避命运的捉弄：1852 年爱妻突然去世，两年后他的长女又夭折了。

对菲茨罗伊打击的不仅仅是家庭的变故，还有人们起初对天气预报局限性的误解和挑剔。尽管菲茨罗伊竭尽全力勤奋工作，"总有一些人死死盯住他不认，稍有差错，便兴风作浪，乘机发难"。

这门新兴的"学科"几乎被扼杀在"摇篮"里。

1865 年的春天，温暖的春风还未吹进英伦三岛，已经精疲力尽，健康状况日益恶化的菲茨罗伊在房间割脉自杀了。

五年前，跨步走进豪华王宫的特殊客人正是菲茨罗伊。当时的维多利亚女王准备渡海去怀特岛，行前专门向菲茨罗伊询问了天气趋势。

往事不堪回首。菲茨罗伊船长作为"天气预报的始祖"永远活在广大海员心中。

菲茨罗伊船长发明的气压表等仪器和他的大幅画像，至今仍保存在大英博物馆里。

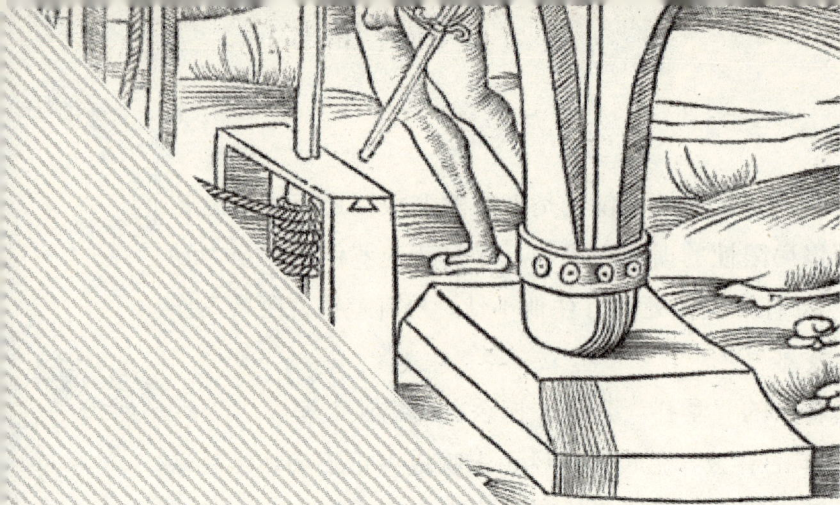

# 解谜"恐怖婚纱照"

　　菲律宾船员阿基诺与新婚妻子合影，背景上有四颗"头颅骨"，引起全船的哗然和恐惧。

　　"埃尔塞德"号靠上菲律宾吕宋岛当天，新婚燕尔的阿基诺休假后回到船上。

　　一沓新婚照引起船员的极大兴趣。

　　菲律宾是个海员输出大国。阿基诺出身于吕宋岛山区巴纳韦，是正宗的伊芙高土著。巴纳韦风景秀丽，民风朴实，多数岛民仍过着刀耕火种的原始部落生活。

　　照片除反映岛上绚丽的热带风光外，阿基诺与新婚妻子在一幢茅草屋前的留影格外引人注目；茅草屋的屋檐下，齐刷刷毫无遮拦地并排悬挂四颗人的"头颅骨"，让人感到毛骨悚然。

"这是四颗日本人的头颅骨，"阿基诺深情地说，"事情发生在第二次世界大战期间。"

几年前，日本水手伊藤随船来到吕宋岛，利用空余时间，约几位朋友到巴纳韦山区游览。

巴纳韦的土著居民大多数以狩猎为生，习惯把猎取的兽骨悬挂在屋外，以展示自己的狩猎本领和富足生活。迄今那里依旧沿袭这古老的风俗：狩猎的"胜利品"展示在屋外，琳琅满目的各式兽骨兽皮装点着山间的幢幢茅草屋，神奇又古怪。同时，土著居民也有保留祖先头颅骨的习惯，用彩布把祖先的头颅骨慎重地包裹好，珍放在屋内一隅，逢年过节，人们唱着山歌饮着土酒，把收藏的"头颅骨"供在屋前供祭祀朝拜。

"四颗日本人的'头颅骨'怎会出现在偏远的菲律宾山区呢？"

伊藤心里打着小鼓：难道"二战"期间，四个入侵的日本人，闯进这个世外桃源的深山野岭，遭到同仇敌忾当地土著人的灭杀，把头颅悬挂屋外，以杀鸡儆猴吗？

伊藤想找阿基诺弄个清楚。

由于开航在即，阿基诺休假归来工作繁忙，疑问在伊藤心里暂时"搁浅"了。

"埃尔赛德"号离开吕宋岛，来到日本神户港，迷底终于解开了。

船靠上码头，天刚破晓，一阵阵喧闹声从市区传来。

原来，市区反对政府"修宪"和"否定'二战'历史"

的民众大游行队伍已经拥上街头。

吃罢早餐，伊藤去敲夜班休息的阿基诺的房门。不料，人走屋空，直至中午阿基诺才兴致勃勃地从市区赶回来：

"太感人啦，"阿基诺竖起大拇指说，"日本人民 OK！"

这句没头没脑的话，使伊藤立刻想起了"四颗日本人的头颅骨"。

阿基诺终于讲述了悬挂"头颅骨"之谜。

当年闯入巴纳韦山区的日本人是四个厌战的逃兵，他们极端不满残酷的侵略战争。于是，当日军登上吕宋岛后，他们相约逃到偏远的巴纳韦山区，匿隐在这块净土上，帮助山民垦荒、耕作，建房修路，与土著居民建立了融谐的关系。"二战"结束后，他们仍然留居在这里，直到突来的瘟疫夺取了他们的生命。

土著居民将他们的头颅骨悬挂在屋外，作为"世世代代友好的纪念"，每逢婚丧嫁娶都在此处拍照留念。"日本人民 OK！"成了当地土著居民的口头禅。

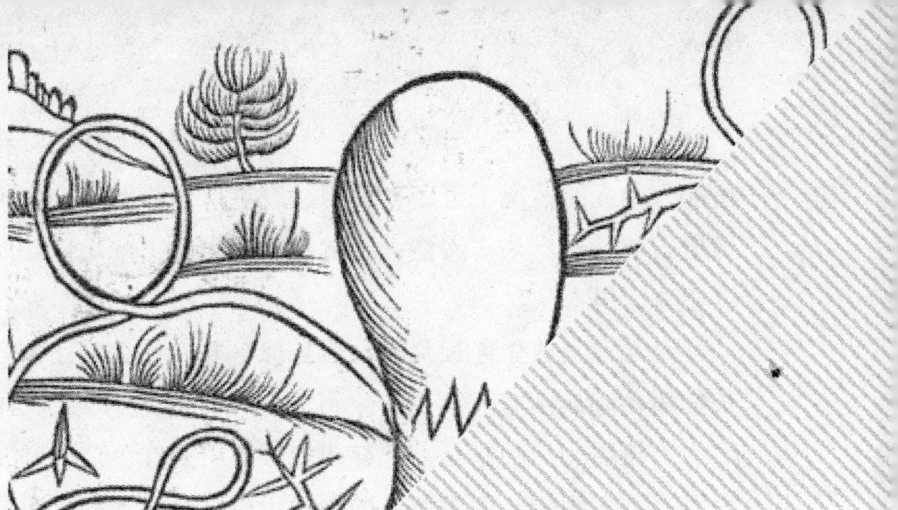

# 海兵的"海盗名片"

"呜——"

一声尖锐刺耳的反海盗警报声,在"郁州"轮上空响起。

"郁州"轮正驶入海盗经常出没的亚丁湾海域。

这天,船上水手长鲁海兵起的特别早,"设定时间"还未到,海兵就赶到了驾驶台,向船长和大副汇报防海盗的准备情况。

为防止海盗投掷绳钩攀爬舷墙,海兵将一根2米多长的铝管子上固定了一把锋利的水果刀,只要海盗将绳钩搭在船墙上就可以迅速割断绳索;同时,在船墙两边安放了消防水龙头,可以随时喷射高压水;在甲板生活区后配置了四个可以做"催泪弹"和"烟雾弹"的干粉灭火机,在海盗登轮反击能力减弱的情况下近距离使用，既可以迷障海盗，也可以像撒石灰粉一样杀伤海盗；二氧化碳喷出的干冰足以让海盗"望冰而退"。

海兵说到这里停顿片刻，船长似乎要说什么，还未等船长插嘴，海兵接着汇报说：

"按照船长的指令，把弃船和救助用的红色信号弹及抛绳器都准备到位，面对海盗的自动步枪，抛绳器的火箭威力足够一挺机关枪的'火力'。另外，根据大副的要求，船前后隐蔽地方放置了集装箱钮锁，随时可以砸向海盗，喝光的啤酒瓶也会变成杀敌的'手榴弹'。"

船员和大副要说的，都被海兵"一锅端"了。

船长和大副对海兵的准备工作十分满意。

船长夸奖地说："不愧为护航舰队的老兵！"

海兵是一名海军军官，曾在亚丁湾护航，退伍后来到"郁州"轮上做了水手长。

海兵出身于山东半岛一个渔民的家庭，还有一个双胞胎弟弟。出生那天正赶上当地渔民出海的"吉日"，兄弟俩分别得了"吉日"和"吉时"的名字。

从小在海边长大的兄弟俩，与大海结下了不解之缘，高中毕业后，俩人报名参加了海军。哥哥分到巡航舰上做了水兵，弟弟在一艘潜艇上干起了"导航员"，而且，俩人分别改名为"海兵"和"潜兵"。

不久，海兵随海军护航编队来到了亚丁湾。

在亚丁湾反海盗的日日夜夜，海兵随舰队粉碎了多起海盗劫船事件，为多国商船保驾护航立下了汗马功劳。海兵还

追梦远航

立了一次一等功，二次二等功。

一次，一艘英国货船遭海盗袭击。护航船队赶到时，海盗小艇已靠近货船的舷墙，一根绳钩已经搭上了舷墙。说时迟，那时快，海兵站在护航舰放下的小艇上，举起一只干粉灭火器，猛朝攀爬的海盗和小艇喷去，一团雾障遮掩了海盗的视线，使他们顿时失去了攀爬能力。

海盗仓皇逃窜，一只海盗小艇和艇上的作案工具成了海兵他们的"战利品"。

英国货船对护航舰队表示了诚挚的谢意，并把海盗小艇上的"战利品"送给海兵他们留做纪念。

海兵退伍转业时，一件"战利品"一直留在身边。

这件"战利品"一直是个谜，"郁州"轮上无人知晓，连与海兵同住一舱的水手晓波也只知道一个叫"海盗名片"的东西。

晓波首次航经亚丁湾，第一次听到反海盗的警报声，心里蹦蹦直跳。

当晓波与海兵被派登上船上的一艘救生艇时方才知道，这是特意安排的反海盗演习。

晓波和海兵扮演的"海盗小艇"，围绕"郁州"轮兜了一大圈，逐渐朝"郁州"轮靠近。

这时，海兵突然从布袋里掏出一面灰黑色的旗帜，旗面上两只白色的骷髅十分醒目。

海兵边挥舞着这面奇异的小旗，也朝"郁州"轮"哇哈，哇哈"地大声喊叫，活像一个穷凶极恶的"海盗"。

谁知，还未等小艇靠近"郁州"轮，就被一阵猛烈的高压水枪击退……

演习十分成功。

晓波虽然被水龙头淋得像只落汤鸡，心里却十分兴奋。顾不得劳累，他边换衣服边问海兵问起那面奇异的小旗的事。

海兵终于说出了"战利品"——"海盗名片"的故事。

"海盗名片"出现在 17 世纪，海盗猖獗的时代。

一天，一艘意大利的货船正在茫茫大海上颠簸航行，船长用单筒望远镜瞭望前方。突然，一面海盗船上的骷髅旗闪入视线。船长大声喊叫起来：

"不好，海盗船！"

海盗船为什么升起骷髅旗去抢劫？美国乔治·梅森大学教授彼得·里森在他的著作《海盗经济学》中做了解答。

《海盗经济学》认为，狡猾而聪明的海盗在长期的打劫中，"风险回报率"是海盗们首先考虑的。因为海盗在物色到"猎物"时，要尽量避免两件事：别让到嘴的"鸭子"飞了和尽量避免动用武力。

"猎物"逃之夭夭，抢劫成了竹篮打水，所以要避免。如果动用了武力会互有伤亡，严重到开炮互相轰击，使这票"生意"徒劳无功或事倍功半，两败俱伤。

这就是里森教授说的海盗的"盈利损耗"。

悬挂骷髅旗是向被打劫的货船发出这样一种信号：一群穷凶极恶的悍匪来抢占你的船，与其徒劳反抗，不如交出你的货物！

《海盗经济学》认为，骷髅旗向潜在目标表明身份，可以阻止流血博斗，避免对海盗和无辜船员不必要的伤害和杀戮。

现代人把"骷髅旗"称作"海盗名片"。

随着航海的发达和反海盗手段的不断改进,"海盗名片"几乎销声灭迹,偶尔一些小型海盗船扯虎皮拉大旗,只是为自己壮壮胆而已。

海兵的"海盗名片"正是那次反海盗斗争中获得的"战利品",一直保存在自己的身边,这次做了海盗的"道具"首次亮相在众人面前。

"海盗名片"的知识是海兵随护航编队来亚丁湾前集训时听到的。

晓波在"反海盗"中又增添了自己的阅历。

# 水手咖啡馆的"奖品"

"咖啡提神、醒脑、防疲劳……"

这是人们对咖啡功能的共识。

"但是，你们不要忘记水手是咖啡的真正传播者！"这是海默船长的口头禅。

海默船长是咖啡的忠实"伴侣"和"粉丝"。

一次，海默船长驾船来到号称"雾廊"的海域，四处雾色茫茫，百米内不见船影，只闻此起彼伏的汽笛声。

海默船长坚持在驾驶台上工作，一天一夜未合眼。疲惫和睡意使海默船长连连打着哈欠。

这时，一位水手端来一杯热腾腾的咖啡，咖啡下肚，海默船长顿时精神倍增、睡意全无。

"咖啡真给力！"

从此，驾驶台多了一杯专为海默船长准备的咖啡。

海默船长与咖啡建立了深厚的"感情"，随着远航的足迹，世界许多著名咖啡馆，如"星巴克""塞纳左岸""莱茵咖啡"都留下了他的身影。

而且，海默船长还知晓这些著名咖啡馆的来历和秘密：
"星巴克"咖啡馆的创始人是位出身贫苦，因"偷"咖啡被父亲责骂，最后发誓要开世界最大咖啡馆的舒尔茨；"麦当劳"内各式各样咖啡制作的"秘笈"；"塞纳左岸"店名的蹊跷来历……

但是，位于阿拉伯半岛也门亚丁港的一座享誉航海界的咖啡馆——水手咖啡馆却是海默船长向往已久但从未光顾过的。

据说，这座以水手名义开设的咖啡馆，门面不大，一项类似东方"摸彩"的活动引来众多顾客，特别是远航的海员。中奖者可打折品尝各式特色咖啡，还有幸在咖啡馆创始人的画像下留影。

终于，机会来啦。

海默船长驾船来到了位于阿拉伯半岛的亚丁港。

那里的亚热带雨林里神奇地长着一丛丛常绿的灌木——咖啡树。咖啡树开着白色花，结着深红色坚硬的果实，敲开硬壳，里面是气味迷人的"咖啡豆"。人们把"咖啡豆"碾碎烧煮饮用，提神醒脑。

人们把这种新型饮料称作"咖啡"。

不久，阿拉伯半岛许多地方陆续开设了咖啡馆，一些形形色色的人聚体在咖啡馆；公务员、商人、政客、作家、水手……店堂里充满了各种的争吵声。

一些寺院的僧侣也被吸引到咖啡馆，而荒废了寺院的正常工作。

咖啡馆触怒了当权者和宗教领袖，被勒令关闭。

一时风痹整个阿拉伯半岛的咖啡被禁饮了。

但是，阿拉伯半岛地处三大洲的航海交通要道。经过无数天海上漂泊的水手，没有忘记使他们解除疲劳和提起精神的咖啡。水手们不能在咖啡馆里喝，就把咖啡带上船，在暗暗的羊油灯下慢慢品尝。

咖啡与水手结下了不懈之缘。

"咖啡伴着远航水手的足迹，漂洋过海来到地中海，来到罗马城，来到欧洲……水手是咖啡忠实的传播者！"

海默船长常常向船员们讲起水手们引以自豪的这段历史。

难道，水手咖啡馆与这历史有关。

海默船长怀着好奇和疑问来到这座咖啡馆。咖啡馆地处离码头不远的商业街上；门前挂着一块招牌，招牌上有一位水手躬身捧着一杯咖啡的照片，下面有一行字使人眼前一亮："水手咖啡馆"。

初看，这座咖啡馆并不起眼。走进门里，一位额头缠着头巾的老人笑容可掬地喊道："欢迎光临！"

环顾四周，整个店铺不大，也只能坐下 20 几个人。虽然时间已晚，咖啡馆里仍然满满当当，看样子大多是远航的水手。

橘色的灯光照在正面墙上已经泛黄的画像上，画的是一位穿着海魂衫的老者。

缠头巾的老人告诉海默船长：“曾祖父，穆罕默德·阿基姆。”

陪同海默船长的船舶代理接了一句：“咖啡馆的创始人。”

接着介绍说，100 多年前，阿基姆是位远航水手，与其他水手一样将研磨好的咖啡带上船，走遍世界各地，是忠实的咖啡传播者。后来他们的行为被当局发现，除禁令他们的行为外，还把咖啡全部抛到海里。阿基姆没有恢心，他们将未研磨的咖啡豆伪装好悄悄带了出去，这些咖啡豆成了各地种植咖啡的种子。

随着咖啡在全世界的广泛传播，咖啡不再成为禁品。退休后的阿基姆在家乡开了间水手咖啡馆，除维持生计外，主要是纪念那段难忘的历史。

但是，好景不长，一次特大的海啸使这座咖啡馆毁于一旦。阿基姆临终前立下遗嘱：“重建水手咖啡馆，世代传下去！”许多水手纷纷写下留言：“请早日开门！”

终于，水手咖啡馆重新开张了。至今，水手咖啡馆已延续了好几代。

讲到这里，海默船长想起咖啡馆“摸奖”的活动。

缠头巾的店主笑着把海默船长带到旁边一间屋内，打开一只深红色的木箱，木箱里面放着许多五颜六色的纸袋，随手取出一个纸袋，里面盛着几颗深红色的咖啡豆，店主解释说：“这是祖上留下的规矩：水手是咖啡的传播者和伴侣。凡进店的水手一律给予优惠，并学习了东方的‘摸奖’的办法，把咖啡豆装进彩袋，按袋内咖啡豆的多寡打折消费。"

听到这里，海默船长顺手摸子个彩袋，里面有五颗深红色的咖啡豆。

海默船长按规则打折品尝了咖啡，并与墙上那位"水手咖啡馆"创始人合了影。

海默船长关于咖啡馆的记录又增加了新的一页。

# "老轨"与"香槟酒"的故事

船上轮机长俗称"老轨"。

年过半百的杭屹"老轨"不吸烟、不喝酒、业务精通，有船上"好男人"和机仓"神探"的绰号。经过"闻、听、看"功夫，他能毫厘不差地找出机器的毛病，是公司接新船的"专业户"。

杭屹"老轨"平时滴酒不沾，如何与香槟酒套上了近乎？

这还要从他第一次接新船说起。

一年，杭屹"老轨"来到欧洲一家著名造船厂接收新船。

船厂按惯例举行了隆重的轮船命名下水典礼。

坞台周围彩旗飘飘、气球高悬。在一阵高昂雄壮的军乐声中，一位身着盛装雍容华贵的女子缓步走向船头，举起盛满香槟的酒瓶，在人们阵阵掌声和欢呼声中猛地砸向船头，顿时，瓶碎酒溅，醇香的酒味弥漫四周。

这场面，杭屹"老轨"过去在影视片里见过。他首次亲眼目睹这精彩的场面，把手都拍红了，久久不能忘怀。

人们称这种仪式为"掷瓶礼"。

事后，杭屹"老轨"了解了"掷瓶礼"的来历。

科学技术落后的古代，航海是既艰辛又危险的职业，海难事故频发。每逢遇到海滩时，船上存活的人只能将求救信和遗嘱装在封好的酒瓶里，抛向大海，任其漂流，希望其他船和岸上人能发现。

所以，每当海上起风暴或船没有按期归来时，船员的亲人和家属纷纷聚集岸边祈祷和期盼亲人平安归来。

但是，残酷的事实往往令人失望，偶尔能见到令人心碎的"漂流瓶"，却不见亲人归来。

久而久之，为了祈求平安，人们希望海上不再有让人心碎的"漂流瓶。"

人们决定，在新船下水时，将盛有香槟的"漂流瓶"砸碎在船头，让醇香的香槟"布满船头，驱邪消灾"，使海难永不出现。

这是带有浓郁宗教色彩的古老的船舶下水仪式。

如今，海难不再频发，抛砸香槟酒的"掷瓶礼"却保留了下来。

抛砸香槟酒大都由出自名门望族、身份显赫的女子执行，这样的女子号称"教母"。1938 年下水的超级豪华邮轮"伊丽莎白王后"号的"教母"为伊丽莎白王后，她的女儿英国女王伊丽莎白二世则是"伊丽莎白二世"号的"教母"。摩洛哥格蕾丝王妃在"海洋女神"号下水仪式上执行了"掷瓶礼"，英国的戴安娜王妃生前为"皇家公主"号抛撒了香槟酒等等。

首次接船，杭屹"老轨"收获不小，并特意收藏了一瓶"香槟酒"作为纪念。

随着接新船次数的增加，杭屹"老轨"家里那只特别的酒柜摆满了各式各样的香槟酒。

香槟酒成了杭屹"老轨"的"宝贝"，他常在人们面前"显摆"。

但是有一次，一位船员的提问使杭屹"老轨"陷入了尴尬："为什么每次执行"掷瓶礼"的都是女子？"

杭屹"老轨"沉默了，心想："是啊，执行'掷瓶礼'都是女子，这是咋回事？"

终于，杭屹"老轨"在去接另艘新船时找到了答案。

原来这与海上"浮筒"和造船工匠的"典故"有关。

古时候，造船工匠把造船比作"塑造"一尊"女神"：修长的船身如同女子纤细的腰肢；船壳被涂抹色彩斑斓的油漆，是"雍容华贵"的衣裳；连敦实厚重的船尾，也被当作女子富有性感的"臀部"。

"女神"在大海里迎风击浪，常有一群男子围绕在她的身边"伺候左右"。每当"女神"远航归来驶入港口，总是朝着浮筒前行。这些浮筒是群充满激情的"男孩"（男孩的英文boy 与浮筒的英文 buoy 谐音）热情地围上去，向"女神"问寒问暖、热情异常。

所以，人们习惯上把船舶的"性别"定为"阴性"，称呼船为"她"而不能用"他",同类型船舶不能称"兄弟船"而要称"姊妹船"。

鉴于历史上沿袭下来的习惯,至今,全世界新船出厂的处女航,都是邀请女性为其命名和"掷砸香槟酒"。

起初,这种习俗只在西方国家盛行,后来传到中国和其他国家。

"掷瓶礼"的习俗已经沿袭了几个世纪。

"老轨"与"香槟酒"的故事,使杭屹"机仓神探"的头衔上加了个"香槟酒""老轨"的美名!

追梦远航